你若安好 四季有爱

小 萦◎著

中国出版集团 现代出版社

图书在版编目（CIP）数据

你若安好　四季有爱 / 小萘著 . -- 北京：现代出
版社，2019.1

ISBN 978-7-5143-6741-6

Ⅰ. ①你… Ⅱ. ①小… Ⅲ. ①日记—作品集—中国—
当代 Ⅳ. ① I267.5

中国版本图书馆 CIP 数据核字（2018）第 000691 号

你若安好　四季有爱

作　　者	小　萘
责任编辑	杨学庆
出版发行	现代出版社
通讯地址	北京市安定门外安华里 504 号
邮政编码	100011
电　　话	010-64267325　64245264（传真）
网　　址	www.1980xd.com
电子邮箱	xiandai@vip.sina.com
印　　刷	三河市燕春印务有限公司
开　　本	880mm×1230mm　1/32
印　　张	8
版　　次	2019 年 1 月第 1 版　2019 年 1 月第 1 次印刷
书　　号	ISBN 978-7-5143-6741-6
定　　价	39.80 元

目　录
Contents

第三章　落叶的瞬间，我开始想你

第六章 如果可以，我们不要说再见

写在前面

　　故事开始于2016年的3月初，当时因为要参加一个征文比赛，所以写下了本书的第一篇文章《写给18岁的自己》，写下那些文字的时候，我以过来人的身份给假想的那个18岁的自己讲了好多好多当时深以为傲的想法，如今再翻出来看，虽然时隔仅仅一年有余，但还是不免苦笑一声幼稚，可是，成长的有趣之处不就在于此吗？

　　一边感叹着过去的自己多傻多固执，一边怀念着那些天不怕地不怕的青葱岁月。

　　写下这些话的我，刚好处于一个新的边缘，夹在大学和社会的两刃中间，再次回首往昔，还真是多了一股青涩的稚嫩感。

　　我不知道有多少人还有写信的习惯，这一年来，我每个月都在努力留下一些痕迹，我很怕某个落魄的夜里，突然因为一些难以承受的更加琐碎的琐事而找不见自我时，回头只望见一路空旷。

所以我就这样写了一年，写下了这些若干年后又会被自己嫌弃幼稚或愚蠢的句子，但起码，我的来路再不是一片荒芜，我记下了大三开始后遇到的每一个分叉口，记下了和远方人的异国恋，记下了我和家人朋友的许多小细节，也记下了每一个躺在宿舍硬板床上思考青春的夜晚。

我希望读字的人能把自己当作每一篇文章里的那个"你"，因为这不仅仅是我写给自己的信，也是我写给无数未曾谋面的"你"。

不管你今年多大了，我都想问一句：

嘿，你好吗？

你今天过得怎么样？

我很想你。

第一章 2016年的春天，和曾经的每个春天一样温暖

写给18岁的自己

　　嘿，你好吗？

　　现在是夜里10：30了，我一边听着耳机里播放的节目，一边坐在书桌前写字，牛奶杯里氤氲的热气，给回忆罩上了一层薄雾，透过指尖划过的一缕明晰，我隐约地又看到了你。

　　此时此刻，你应该已经下了晚自习，坐在老爸的车后座上，哼着最近一首单曲循环的旋律，路过那条集市时，你会看到地上摆的砖头，还有赫然写着的"有人"两个大字。老爸说，这些做买卖的人不容易，为了占一个好摊位常常前一天夜里就睡在附近的货车里。你像煞有介事地点点头，想着他们真的不容易，然后继续哼自己的小曲。

　　我知道你那时候最喜欢一路上望着天，一边看星星，一边想象未来自己的样子，有时想到兴奋，还会忍俊不禁。那时你不知道什么是停滞，你有无限的精力和梦想，你享受奔跑奋斗的乐趣，回到家，打开台灯，11：00又开始埋头复习。

此时此刻，我忍不住又照了照镜子，大眼睛，小鼻子，还是当年那个你，可是，我手里不再捧着厚厚的习题。我知道你对新鲜事感兴趣，所以写信给你，告诉你一些，你以前总爱问的问题。

上个月我过完了21岁生日，妈妈给我写了一张字条，塞在外套的口袋里一起寄来，她说，爸爸妈妈最大的愿望，就是你快乐。妈妈之所以这么说，可能是因为我不止一次跟他们抱怨过我不快乐，现在想来，真的幼稚得可爱。你知道吗，你可能会去一个离家很远的地方开始新生活，远到你们的温差很大，远到你们的饮食不同，远到你的故乡，从此只有冬夏，再无春秋。你知道吗，你可能会学一个做梦也没想到过的专业，就好像，我一直认为文艺的多愁善感的你，竟然学了药学。

来到中国药科大学的第一年，我作为理学院的一分子，还不懂为什么药学要分在理学院，直到我看到课表上的各种数理化课程，就这样，我开始了你渴望数年的大学生活，想知道吗，我给你讲讲。其实一开始我还是想家，真的很想，约莫有三四天的时间，都会在夜里哭湿枕头，你可能会笑话我了，当年不是说过走得越远越好吗，是啊，可我发现我走得越远，父母留给我的背影就越模糊，就越小了啊，所以你要答应我，以后多给家里打电话，你的只言片语，就是他们脑海中你的全部现状。

当然了，我那时候也只比你大一岁，还是对很多新鲜事感兴趣，你不是喜欢唱歌吗，我就加入了菁菁音社，面试的时候穿着军训服拿麦克风唱了一首《店小二》，下台时手心全是汗，但是听到了难忘的掌声，你小时候还想过学跳舞，一直没有机会，曾经跟闺密说大学一定要实现梦想，为了你的梦想，我报了舞蹈协会的爵士舞班，对着练舞活动室大大的镜子，我看到了你心里住着的那个热情的自己。

差点忘了，你还是个会画画的文艺女孩儿呢，我去学生会的文艺部和宣传部分别报了名，面试的时候，却退缩了，我知道你会怪我，可是，当时我听到要独自上台演讲，心里便犹豫了，毕竟，我只比你大一岁啊，遇到陌生人会害羞，耳朵微微发烫的你，一年后还是不够勇敢。不过，"百团大战"真的给我开了眼，你肯定想不到有那么多社团，不管你喜欢什么，总能找到同类，那时候我不知道一股脑报了多少个，于是，每天晚上宿舍里4个人都会轮流出门，理由不外乎都是"我去开会啦"。说到宿舍生活，你一定会认识几个第一眼看起来文气内敛，相处之后却同你一般神经大条的姑娘，她们将要陪你度过这不长不短的4年，你没有选择，能相遇，即是缘分，你可以跟她们拍一次写真，记录你们从小女孩蜕变的过程。

还有"跳蚤市场"你听说过吗？我也是那时候才知道学校会组织学长学姐们卖一些自己不需要的东西，也就是那几天，有人得到了第一双高跟鞋，有人买了第一支卷发棒，有人淘到了便宜的课本，有人找到了心仪的饰品。我那时候还是跟你一样喜欢扎高马尾，所以首饰盒里有不少从学姐们那里收集来的发绳，现在扎看起来已经觉得有些稚气了，可我忘不了当时刚拿到手里的那股开心劲儿。

对了，你现在是不是总被妈妈要挟着吃鸡蛋、喝牛奶，我还记得她每天会给你剥两个核桃。可是现在妈妈总是跟我强调，晚饭别吃太饱，女孩子窈窕一些好看，让自己变美一些有气质才对。不得不告诉你，跟那时候瘦瘦弱弱的你比起来，我已经胖了10斤了，大学的食堂确实比咱们高中的大，你可能会说二楼的鸡蛋羹永远是你的最爱，但是我要告诉你，在大学食堂，你基本可以做到不出校门吃遍全国了，什么东北水饺、四川小炒、日韩料理、火锅米线、烧烤砂锅，能想到的几乎都能找到，况且不用起早贪黑地上课复习，发福便是自然了。

你是不是又要羡慕我了，觉得我可以吃到你每天要跑出校门才能偷偷带进学校的饭菜，还可以不再穿肥大的校服，不扎头发，偶尔化个淡妆，做着一切你现在正被禁止的事情。其实，等你长大一些就会懂，就好像人到了法定年龄可以结婚一样，很多事情随着时间的推移，都会变成自然而然，不是我比你多了哪些自由的权利，而是我已经走过了你的那片风景，正为你演示着未来。

大一一年我按着你的想法，做了许多你曾经极其渴望的事，我拉直了头发，周末跟朋友逛街、旅游，去看新上映的电影，参加各种社团活动，在大学里，只要你不想闲着，总能找到没时间学习看书的理由，当然了我还是去按时上课，因为你一直是个上进的女孩儿，老师们跟高中的大有不同了，他们可能不会知道你的名字长相，不会在你打瞌睡时叫醒你，不会因为你玩手机叫你请家长过来，我像你期望的那样，很自觉，也很努力，也曾经去排图书馆长长的队，觉得自己是个闪闪散发正能量的小太阳。

可是我要告诉你的是，那一年我发现自己不可能永远是第一名了，尽管我像你那般努力，那一年我发现我不再永远是焦点了，那些更漂亮、有魅力、有特长的女生，总是比我运气好一点，那一年我发现，吃饭和去厕所，不一定非要固定两三个人一起了，你现在的那些好朋友，已分布在五湖四海。你们一开始每天都要聊天，吐槽着自己的学校和生活，后来，你会说你很忙，实验很多，还总是参加各种大小活动，你的闺密们，会上着你不再了解的课，过着你触摸不到的生活，挽着别的女生的胳膊聊八卦，于是有那么一瞬间，你可能会觉得孤独，会觉得不如以前简单幸福。

你的学校应该还没有开始"魔鬼训练"吧，放心，你应付得来，回首那些考一天讲一天的日子，我都觉得你和你的同学们的勤奋和执着，有些让人害怕。毕竟，我现在的考试，基本都是利用最后一个月整天泡在图书馆自习来准备，你是不是觉得我有点不像你了，可是，如果我依旧像你那样除了学习两耳不闻窗外事，那我的大学时光，真的会缺少很多可贵的回忆。

先行者说、最美实验瞬间、移动图书馆、院部杯、假面舞会、风筝节、微小说大赛、十佳歌手大赛、每年都会上头条的运动会开幕式、各种晚会、各种名家报告、学校的1983咖啡馆，这些丰富多彩的生活填充剂给了我一个崭新的世界。

所以大一的寒假，我作为学姐张张扬扬地回到了你的母校，带着自己大学的海报与简介，同几个天大地大的同学，在阶梯教室开了一场轰轰烈烈的招生宣讲会。我看到了他们跟你一样的渴望，于是尽我所能，描述大学的美好，看着一双双充满新奇的眼睛，看着他们身上你穿过的校服，我最后还是忍不住，补了一句："不管结局如何，你们一定要珍惜现在。"他们笑了，问我为什么这么说，当时急于毕业的你也问过这样的问题，我如今已经找到了答案。

大二那年，当我意识到过多的社团占据了我太多宝贵的时间，有一部分社团并没有想象中那般提高个人能力时，我毅然决然地退掉了它们，只留下了一直在学的舞蹈社团，我知道，你还是对我没有加入学生会耿耿于怀，所以我鼓起勇气去试了一下。那一年我比你大两岁了，已经不会动不动就怨天尤人，也可以一个人拖着大大的箱子去车站候车不迷路了。我变得比你爱交流，胆子也大了，还交了许多新朋友，在一个朋友的介绍下，我加入了药学院的学生会，成了生活部的一名副部长。

学生会真的很锻炼人，你会像一个小大人一样穿起正装，写你人生的第一份策划。你可能想不到我就这样成了礼仪队的领队，想不到我要培训十几个学妹如何优雅地穿高跟鞋，想不到一直素面朝天的自己，有一天会背着化妆包，提前好几个小时到场，给自己带领的学妹化妆、编发。我是不是让你觉得骄傲了呢，当学妹们在一年后换届的临别讲话上感谢我时，我也是热泪盈眶的。

现在是冬天了，你爱头疼，还是要早点睡觉，不要总是躲在被窝里听天津音乐广播，然后第二天迷迷糊糊地爬起来吃妈妈煮的馄饨，再在上学的路上缩在爸爸的车里打一会儿盹儿。

两年后的你，也有过无数次早起的经历，不过不再是赶去上早自习了。

有可能，是去一场说走就走的旅行，我在苏州的小桥流水里，给你捎了许多句话，在西塘的橹声船哨里，也帮你许了几个愿望。

有可能，是去赶第一班地铁做志愿者，我第一次见到自闭症的孩子，就是在大二那年，也是那时候，我体会到了被需要的快乐。

　　有可能，是去做我的每一份工作，我找了很多兼职，随着年龄的增长，我不再是每周只充饭卡就可以的高中生了，我还要规划自己的生活费，一开始我总是超支，看到什么都想要，后来有一天突然觉得自己是个大人了，便也学着学长学姐的样子，去做兼职。拿到第一份工资的时候，我给妈妈打了电话，只有几百块钱，但是我在冬天的冷风里笑得手舞足蹈，我甚至计划了，这几百块钱，分别给爸爸妈妈和自己买些什么。

　　还有一次早起，是去接来南京找我的闺密，也就是你现在每天手挽手互相鼓励的人，见面的时候，我们没有寒暄，依旧自然地挽起了手，所以我要告诉你，你现在至若珍宝的友谊，不会随着你们的距离而褪色，因为你们一起长大的每个瞬间都是无可取代的回忆。

　　现在我可能将要说些打击你的话了，对不起，曾有那么一段时间，我变成了你厌恶的样子，那时我依旧学着不怎么喜欢的物理和化学，上课听得不太认真，认为自己不该把时间浪费在不喜欢的事情上，我开始怀念你、羡慕你，甚至嫉妒你，因为你还有许多可能性，而我，仿佛是烈日下的蜡烛，为自己的光亮无人赏识而愤怒、慌张。

　　那段时间里，我迷茫得不知所措，看着学长学姐毕业签了工作，我想着毕业也去工作，可是那时候我多自负啊，我总觉得，在车间里检验，抑或是药房里拿药，都是对自己的大材小用，看到学长学姐考研，我便想着要不也去考研，可是那样我的学涯便又多了三年，我真的做好准备了吗？我像一棵小草，一丝丝风吹，都会心生犹豫，太多的无助与迷茫积累在心里，年轻的棱角与现实越接越近，摩擦的疼痛感越来越强。终于有一天，我跟电话那头的妈妈发了脾气，我说我不快乐。

　　电话那头沉默了很久，后来妈妈说："其实你只是一个平凡的女孩儿，可是每个女孩儿最大的特点就是爱做梦，孤芳自赏会让你痛苦，自惭形秽又会让你恐慌，慢慢走吧，会有阳光的。"

　　现在我已经大三了，下午刚刚做完生理实验，因为心太软而拒绝学医的我，如今也可以不动声色地做完每一个动物实验了。你会问我是不是我变得心狠了，我想，我可能是比你成熟了。如今我成了药学院的一分子，偶尔碰到理学院的学妹学弟，总会亲切地聊几句，他们会问我，为什么药学要放在理学院，我说，药学院的人，都是大三大四的学长学姐，其实我心里是想说，作为这个专业的你，当你足够成熟了，自然就会进入药学院。而且从你进入的那一刻开始，你接触的才是真正你等待的，你的老师可能看起来亲近和蔼，可他却是某一领域最牛的人物，你的课本可能还是深奥晦涩，可是正如你所见，我已经可以给别人解释一些生理现象的机理，并且对药物越来越有了解了。

就像你护着你的母校，说它最美，不知不觉间，这里也成了我心里的一片归属，我可能会跟家人吐槽这里的连绵小雨，可我依旧爱它冬日里难得的暖阳和大片的梅花，我可能会抱怨我的实验太多，可我总会在同学聚会时，一脸得意地显摆我们的双语实验报告，显摆我们的各种专业技能，我可能会为校园太专业化而有过郁郁不乐，可是我看到了越来越多充满文艺气息的活动。正如你爱你的母校，我此刻也深深爱着这所给我新鲜迷茫与成长的大学。

对了，还有一个好消息，我没有放弃你所爱的事情，你爱写作，我已经投了无数的稿件了，好在你是个乐观的人，面对大多数的石沉大海，依然保持着热情，你要相信，一直坚持追逐的事情总有一天会回过头来拥抱你，我替你拿到了学校诗歌节的一等奖，替你去给微信平台做编辑，替你在有阳光的午后，听听音乐，抱着速写本涂涂画画。

这些都是你喜欢的，所以我不能放手，我还要告诉你的是，未来的你，也会爱上你的专业，日久生情也好，朝夕相处也罢，它是你大学时光的一颗果实，掺了你的汗水、你的热泪、你的抱怨、你的憧憬，纵使你每天骂它一千遍，可外人说它一句不好，你还会把它护在身后。

最后说说你的感情吧，没有心动的大学时光又怎么能完整呢，上学时你爱看小说，总是被书里有些坏坏的男生迷得少女心乱跳。可我知道，几年之后，你不再是那个叽叽喳喳肆无忌惮的小丫头，你不再喜欢那些哗众取宠的小男生，你会碰到一个跟你一般的人，他不会揪你的马尾辫欺负你，而是过马路时让你走在内侧；他不会吵嚷着让你陪他去疯狂，而是认真计划未来有你的每一步；他不会对你小心眼，而是在你受挫时耐心地容忍你蹭他一身鼻涕眼泪，你会遇到这样的他，温柔你的青春岁月。

夜已深了，楼下活动室的吉他声也停了，很多年后，我可能会在下一个地方给你写信了，可是楼下的吉他声不会随时间飘散，就好像校园的银杏树已经不知走过了几个冬夏轮回。

此时此刻我这里的月亮很亮，你应该也已经躺下了吧，带上了耳机听你的天津音乐广播，做着小女孩儿的梦，想到未来的生活忍俊不禁，看着窗外的星星满心畅想，你像一朵待开的花苞，跃跃欲试地渴望见到外面的世界。

　　我要告诉你的是，不管是我看到的月亮，还是你数着的星星，它们都很美，都无可取代，把它们拼凑到一起，就是完整的青春了。

写在3月初

嘿，我又写信给你了。不知道你睡了没有，我就是想跟你说说话，我又想你了。

南京这几天很冷，我又套上了厚大衣。

转眼已经3月中旬了，我回来已经小一个月了，2月中旬我走的时候，你还是红了眼睛，你说舍不得我走，我也舍不得你啊，更舍不得眼巴巴瞅着我渐行渐远的父母。

这一个月，我好像又长大了一些，比你又多了些成熟的想法，不过也有可能只是想法而已。

一个月前的寒假，我收获了很多难得的美好回忆，我做了家教，初三的妹妹叫我老师的时候，我竟然有点激动，虽然我内心里，还觉得自己是个小孩子，好像实质上，也依然是个小孩子呢。前几天做了药理实验，当天晚上我给妈妈打电话，说这次做的大鼠实验不但没有处死它们，还学了解救措施，我说我觉得很有意思，很好玩。妈妈好像是思索了一会儿，转而说了一句，哎呀，你还是个小孩子呢。不知道为什么，我听出了一点担心，是啊，我都21岁了，还没有一点点生存技能呢，看着许多初中同学工作的工作，嫁人的嫁人，我有的时候也觉得，我为什么就是不成熟呢。

上周我问远方的人，你觉不觉得我很幼稚。

他说，不啊，你只是心灵纯净，活得简单，如果你真的很幼稚，我会说出来告诉你的。

我很想一直一直，都做一个简单的人，你还记得吗，咱们的小约定，每天至少让三个人因为自己而微笑。今天我好像超额完成了任务呢，我的舍友，好朋友，远方的人，还有电话那头的父母。也许，我也不是那么差劲。

晚上舍友又跟我提考研的问题了，我不知道是她们太着急，还是自己太迟钝，总觉得考研还是一件距离自己非常远的事呢，可是转眼，它就到了我眼前。

你会怪我吗？我还没有明确的目标，我还是跟你一样纠结着，可是，我已经不是你了，我是要为自己的任何举动负得起责任了，我已经不是小孩子了。

其实，我多想当一个小孩子啊。

你肯定还在一心盼着长大，如果你知道你未来会是一个平凡的人，还会不会愿意长大呢。我是一个平凡的人，很平凡很平凡的，有的时候还会有点自卑。可是，依然有人跟我说，好羡慕你的生活啊，感觉很充实。

我的生活，我的生活有些什么呢，我还是在坚持写东西，有的时候就算没有可写的，我也会自己发会儿呆，对了，这个月我决定把自己和远方的人的故事记录下来了，我想，等我们有了自己的小孩，我就给他们讲我的故事，我会坚持，就算只有我和他两个观众，当然，这个故事，有我们俩就足够了，我这个月只画了一幅画，画了花粥的专辑封面，爱上了她的重口小清新。

我还投了很多稿，跟杳无音信比起来，我觉得《南风》编辑委婉的退稿回复还是挺暖心的，起码我知道，他们看了我写的东西。这个月，我周末去了很多地方，南京城墙、夫子庙、方山、鸡鸣寺。只要走出去了，我就又觉得自己充满活力，一颗少女心泛滥得不行。还有就是，我终于找到了一个合适的学习方式，大学三年了，我好像才刚刚有了点头目该怎么学习，会不会有点晚了？我开始努力地听课，不去碰手机，吃健康早餐，背英语单词，下午没有实验就去图书馆，晚上九点多背书包回寝室，洗个澡之后看书、记日记。说到看书，最近在看《我敢在你怀里孤独》和《女孩，我悄悄对你说》，觉得受益匪浅，一个人该如何独处，一个女孩该如何爱自己，每个人都有不同的答案，但万变不离其宗，我其实也都懂得，就是做起来还是有点惰性。

现在我在听铁阳的《鱼类》，这个月片刻首页上有我的一篇文章，一个主播录了我的文章，说喜欢我的文字，今天还看了顾城的诗，为了这许多小小的美好，我还是会坚持一颗简单的心，就像我一直那么喜欢陈意涵，因为她的笑容永远是纯净的。

好啦，这个月我还在计划一场旅行，希望未来的你少一点遗憾，学姐说会帮你宣传校服照，然而校服还没有买，我会记在心里，然后去实现这个愿望。

夜深了，我要去睡觉了，明天还有课，也祝你永远简单快乐，我会一路向前，颠沛流离时，还好有你听我絮絮叨叨地胡言乱语，我记得你说过的话，我说让你享受青春时，你回我："努力向前跑吧，放心，我追得上。"

加油，我们一起加油。

4月1日：阳光很好，你要吃饱

好吧，我又写信给你了，唠唠叨叨的。

今天是清明节，不同于昨天的阴暗天气，太阳很好，可是我在赖床，今天还是一个特别的纪念日，对，是我和远方的人在一起250天，我喜欢这个奇葩的日期，很多朋友都很好奇，不过百天啊！有520什么的啊，怎么偏偏喜欢250。

很多时候，我都希望自己可以像250一样无忧无虑地生活，那样会更快乐吧。所以，今天的日记本上，我写了"像二百五一样的去爱"，就像没有受过伤害。

昨天看了《被嫌弃的松子的一生》，有人说，那是一部致郁片儿，我认真看了，全程吃着新买的杰克芝士薯片。松子多漂亮啊，从女老师，到作家的情妇，到酒池女郎，到杀人犯，到理发师，又到混混儿，最后变成一个臃肿懒惰生无可恋的老太婆，时间真的是很可怕的一味药。

　　我们都在服药，却不知道每个人会变成什么样。因为前路不可知，所以更怀有期望与梦想。当发现梦想没有一个实现时，又开始对这个世界说，对不起，活着，我很抱歉。

　　其实，我觉得不应该如此悲观啊。虽然我也有很多梦想没有实现。我觉得我的执着跟你比起来被消耗了不少。但是，我还是那个你，不曾改变。

　　三月半的时候我给你写了信，那时候我还不知道之后会发生的事。这段时间，我又成长了一些，《我敢在你怀里孤独》我快看完了，独处真的是一笔人生财富，我们很少有大把时间可以真正地与自己相处，听听自己的心声，相反，总是在取悦别人，委屈自己。

　　这段时间，发生了一件事，远方的人脚伤了，我一下子从小公主变成了小保姆，不过觉得自己一下子又看明白了许多东西，原来感情世界里，不能一味地索取，我也需要付出，很多事是要两个人一起承担的，而那个说过照顾你一辈子的人，有的时候也会需要你来照顾他，有的时候也会脆弱。

　　想到了《华胥引》里的一段话："哥哥，嫂子是个什么样的人？""很爱哭，爱闹，发小脾气。""这样的姑娘天下到处都是，你又何必……""那是我在的时候，我不在的时候，她比谁都坚强。"

我还是要做个坚强的人，像你一样，你以前总是第一名，班里人都喊你"第一"，你不太喜欢这个外号，却依旧努力好好学习，不是为了获得称赞，而是为了得到自由，对，你觉得自己是第一，老师家长就不会过多地干涉你，事实也是如此，所以你才有机会看很多小说，有机会逃课，有机会做很多现在不敢做的事。

这一点我一直在坚持，我会把我应该做的做好，然后还要去做我想做的。昨天朋友问我，说感觉我从来不会无聊，我想做的事，一件一件的，时间都不够用，怎么会无聊呢。

又是新的开始了，温暖的4月，愚人节和张国荣的纪念日都静悄悄地过去了，我要像种子，静静地在土壤里发芽，虽然看不到，但我着实在努力生长。

祝你开心，我也会开心。

下个月还会再联系你，告诉你我新经历的事。

阳光很好，你要吃饱。

4月2日：岁月最好的馈赠

总是强迫症地觉得每个月的15号才能算月半，早一天晚一天都不可以，但是今天天气很好，于是又想写东西给你了。

B组团楼下的石楠花，一夜之间全都开了，花朵小小的很好看，朋友圈吐槽的人却很多。去百度了一下，才知道石楠花那股怪异的味道，被戏称为"生命传承的味道"，不禁觉得汉语言的强大，把类似精液味的花香比喻得如此意味深远。

这两天一直在忙着复习下周的药理考试，心里很没底，觉得自己越是深入了解某些疾病，越是珍惜已经拥有的这些小幸运了。盼着时间过得快一点，快快度过下个周末，我就可以穿上新买的那件短款小汉服，去逛几条老街，拍几张照片了。

对了，还有别的事跟你说呢，这半个月来最大的两件事，第一件事是某一天的中午，QQ里多了一条好友申请，流云编辑一上来就说，看到你的申请，想做签约作者，先看合同吧。

看到消息时我正打算睡午觉，却激动得躺了一个多小时没有睡着。说实话，我总觉得自己是没有资格的，自从去年年底决定开始记录生活，到现在，真的也没有什么拿得出手的作品。我把这归结于，我没有丰富的生活。

可是生活丰不丰富，说到底还是在于人为，决定签约的那一刻，我想，从此我要做一个更温暖的人了，希望我的文字，哪怕只有一句话、几个词，只要可以给某些恰好心情阴郁的陌生人一丝丝阳光，都是有意义的，同时真的很感谢片刻和流云编辑，我总觉得生命中出现的每一个人，都是注定的，心里十分窃喜，你呢，是不是也在替我高兴着。

第二件事，是在远方的人脚伤好了以后，终于兑现了那个延期的旅行，也就是我3月中旬告诉你的那个计划，虽然算起来只有一天是在真正的旅行，但是心情一下子变得很好，果然，人是要在路上的，不管远还是近，我们都需要去走走看看。

这周学校在选百优青年，因为不用演讲也不用准备

PPT，只需要微信点赞，所以我报了名，我还记得你最不喜欢演讲，你觉得当着别人的面那么极力夸赞自己很虚伪，你总觉得别人会在相处中了解你，可是，现在哪里还有人能够愿意花费那么多时间去仔细了解你呢，都不够时间刷手机的呢，昨天看《我敢在你怀里孤独》里面有一句话说得很贴切，A和B在吃饭，C通过网络看到了B的状态，在一定程度上，也许C比A更加能体会B的心情状态。

说得很对是不是，有的时候我不跟远方的人在一起，也是通过这种方式了解他的生活的。可聚会的时候，一桌的人都捧着手机，赴约前一肚子的话，又都自己消化了。于是，面对面的时候，我们却不如在手机上聊得密切，以至于有一段时间我觉得大家太冷漠了，可是当我集赞的时候，那些躺在列表里的朋友，都冒出来帮我，心里还是倏地暖了一下。这种感觉真的让人很舒服，就好像一直奔跑的人，突然遭遇了一个大大的熊抱。

前几天有人给我的文章评论，说我给了她很大的鼓励，读我的文字，她觉得生活变温柔了。

其实，我是把每一个人，都当成了你。当我遇到瓶颈时，被人误解时，遭遇挫折时，都在想，呀，要是能提前告诉你，你就不会如我这般了吧，你会过得更好吧。那样的话，我的目的，就达到了。

下午我们又去GMP制药车间实训了，走到冻干粉针剂罐装车间时，突然觉得人类的智慧真的是没有上限。

因为要严格灭菌，所以操作区的天花板上，有很多大板子，上面有喷出无菌空气的小孔，就这样，形成了一个看不见的保护罩。

是不是觉得很神奇，可当我张大嘴巴表示惊叹时，老师依然是一副觉得我很没见过世面的样子。

所以，不可以停止学习，不管是我还是你，在获得新见解的路上，永远不会到达一个终点，只能一路走哇走，然后捡起好看的小石头，放进背包里。

有的时候我觉得自己很多地方不如别人，跟你一样，还是有点自卑，可昨天看到了非常温暖的一句话：自卑，是因为渴望变得更好。

跟你比起来，我确实更成熟了些，但是却少了一些简单的快乐。那天舍友买了麦芽糖，塞到我嘴里一颗，甜甜的，全是小时候的味道，我突然想起有一年夏天，你穿着小拖鞋，站在老屋外的麦田边，让妈妈给你拍照，太阳光好像有些刺眼，你用一只手遮挡着，另一只手攥着小小的裙摆，快门按下的一刻，你迅速地摆了一个"耶"的造型。现在我还留着那张照片，那时候你真小呀，会知道自己以后一个人跑到南方生活吗，估计你只惦记着巷口的冰糖葫芦了。

时间慢慢流淌着，你的那些小碎片，就像长河里的碎石，我忙着赶路，偶尔歇歇脚捡一两颗，还是会被你感动得一阵热泪奔腾。很想你，真的。

想你在胡同的土地上画的跳房子，想你养过的小黑狗，想你坐在墙根下数蚂蚁的样子，想你藏在砖缝里给我的信……后来老屋拆迁，我没见过那封信，也不知道你要对我说什么，有的时候回想起来，觉得你应该也不会给我提太高的要求吧，无非是让我答应你，不要踩死路边的蜗牛之类的。

我是不是跑题了？柳絮飘得到处都是，跟我的思绪一样，漫无目的，其实就是想告诉你我最近的状态，让你知道我过得怎么样。

好了，五月初我会再写信给你，晚上我还有课，你要早早休息。

有空的时候，去踏青吧。

4月3日：你拥有与众不同的一天吗

心血来潮也好，灵感突发也好，我今天必须要再给你写点东西，因为我觉得，今天真的是与众不同的一天啊。

刚才我拧开久置的柠檬蜂蜜茶的罐子时，"嘭"的一声冒出来好多气体，我凑上去闻了闻，原来是发酵了啊，细细回味觉得还有点酒味，放久了的蜂蜜茶，难不成变成蜂蜜酒了？

当然是不能再喝了，我没有马上扔掉，摆在桌子上，觉得那抹柠檬黄很是好看。

刚才打着伞回宿舍的路上，舍友从我的伞阴下跳出去说要晒晒太阳消消毒。

这真是个收获颇丰的春天呀，柳树枝如今都是绿油油的，嫩嫩的惹人喜欢。其实我今天写信给你，是想告诉你一件非常神奇的事。你体会过那种竹子拔节生长的感觉吗，就是一开始自己的身体被禁锢着，自己的力量与外界的阻碍抗衡着，突然有一天，无形的阻碍一下子消失了。由于惯性的作用，竹子一夜之间长得老高。

我今天，终于觉得自己走出了一个瓶颈。

这种感觉太奇妙了，所以我必须跟你讲一讲。

事情还是要从早晨说起，我翻朋友圈时看到了自己的一个小学同学。我还记得当时她戴着小眼镜，短短的头发，成绩和人缘都不是很好，我不知道自己如何受到她的青睐，总之，我们的关系一直还算不错。

早晨看到她的动态，是给自己姐姐的硕士毕业钢琴音乐会做协奏。照片里的她长发大眼，淡妆略施，再不是那个呆萌的小四眼形象，最后看到她姐姐音乐会的宣传海报，不禁感叹，搞艺术的人就是不一样，毕个业还要弄场音乐会，声势如此浩大地宣布：我毕业了。

对了，忘了告诉你，远方的人也会弹钢琴，有一次我们经过一家琴行，他拉着我走进去，让我坐在他身边，弹琴唱歌给我听，琴行里有几个很漂亮的姑娘，纷纷夸奖他说，弹得真好。

那一刻，除了骄傲与欣喜，内心深处，我还是有些自卑的。因为那一刻，我身边的人，都比我更懂音乐，而我，只是一个虔诚无知的欣赏者。

　　说到这，你该懂我的意思了，还是那个老话题，上午的实验开始之前，我还是觉得自己这大学上的，跟别人比起来，有点没滋没味。

　　可是现在，我给你写信的时候，我已经不这么想了，就好像竹子生长的阻碍消失了，我的思想在今天有了一个质的飞跃。

　　你是不是还是一头雾水，觉得我有点夸张了，那你仔细听我下面要讲的，就会懂我的感觉了。

　　我们今天的药理实验，对象是一只比格犬。这也是我头一次接触狗实验，三个老师费了一个多小时的时间才给它插管成功，就是为了给我们看一些药物对于它血压的影响。

　　于是，在这不长不短的三个小时里，伴随着比格犬偶尔发出的哀嚎，老师要求补充麻醉药的指令，对药物作用机理的一次次分析，以及看到两种药物在狗的体内竞争受体的激烈对决，我的思想阻碍，也是"嘭"的一下，像瓶盖一下打开了。当最后狗的血压恢复，老师松了一口气，说道"乙酰胆碱赢了"的时候，我也是真的激动得要掉泪了。

　　这种感觉，你可能没有体会过，但是，生命给予人的震撼，真的不容小觑。

　　还记得第一次杀小鼠的时候，脱颈椎处理得不好，小鼠一直在抽搐，舍友一边流眼泪，一边继续处理。

　　老师走过来，没有帮忙，只说了一句"这就是生命啊，它不想死，但是必须要有牺牲"。

　　以前我还不能深入体会这句话，今天思想上冲破了阻碍，才觉得，我以前认为自己的专业无用又枯燥，是多么幼稚的想法，回想起那些混过去的生理实验，没有细细探究机理的身体反应，就觉得对不起那些枉死的小动物。

　　中午吃饭的时候，我又想明白了一件事，我羡慕那些学艺术的同学，羡慕他们不断地创造着美，羡慕他们有自己的另一个世界。但是生活不只是需要美，它不可避免的，有它的阴暗面，有流血，有病痛，有生命的逝去，有无可奈何。

　　既然已经有那么多人创造美了，我用心欣赏就好了啊，然后带着一颗虔诚的心，去面对生活的丑，去了解、体会那些病痛与无可奈何，未尝不是没有意义。

　　窗外的鸟叫声叽叽喳喳的，今天觉得格外好听了，你呢，最近有没有新的想法，也要记录下来呀，等我老了，就翻出来看看，也会很有意思吧。

4月4日：和你喜欢的人在一起

现在这个时间，你应该也没有睡吧。

应该是在一边脱下黑白相间的校服，一边疲倦地打着哈欠，然后拆开绑了一天的马尾辫，对着镜子端详自己的样子。那时候妈妈不让你剪短发，你就总是把两边的头发托到下巴旁，假装烫了个内扣的短发发型，左看右看的，觉得自己好看了不少。

你心心念念的那个发型，我后来去理发店剪过了，不是因为你当时的痴迷，而是为了给自己一个新的开始，那时候我刚结束一段很尴尬的感情，及腰的长发，说剪就剪了，理发师问我心疼不心疼时，我着实难过了一下。

你可能会问我感情为什么要用"尴尬"这两个字，这也是我想提前告诉你的，以免你以后伤害到生命里那些无辜的人，现在对你很好的一个朋友，以后会成为你手机里的男朋友，虽然，你知道自己并没有很心动，如果我能回到你所在的时间，我一定不会再在那辆公交车上，回复他那条同意交往的短信。

现在越来越多的人都在说，找一个爱你的人吧，你就不用那么辛苦了。

他们有的人，真的是被伤怕了，有的人，是人云亦云，而我，应该属于第三种，我是真的，觉得对我这么好的人，如果不回报，那我简直是太坏了。

我知道要是你也会这么想，要是你，也会被一个人对你的各种嘘寒问暖而感化，因为你太善良了，最致命的，是你那时候不懂拒绝。

那真是一段很尴尬的日子，我们不在一座城市，不见面，聊的内容也和其他朋友没有太多差别。有的时候我被他发过来的笑话逗得发笑，笑着笑着就想到前一晚看到的宿舍楼下惺惺惜别的情侣，转而又悲伤起来，问自己这算爱情吗？后来他问我，你喜欢我吗？我却答不上，既不愿意违背心意，又不忍心伤害无辜。我希望你不要像我这样，耽误一个喜欢你的人那么久，才选择放手，如果不是因为心动，而是因为感动而接受，那真的是很不负责很残忍的一件事。不管是对喜欢你的人，还是对你自己。

　　其实今天写信给你，不是想说这些的，不知怎么的，就是突然想嘱咐你一下，因为，我现在终于懂了心动的感觉，我想如果你此生不能体会，那真的会是很大的遗憾。

　　所以，你可以接受朋友对你普通的好，老铁对你两肋插刀的情谊，知己对你相见恨晚的欣赏，然后，拒绝你不心动的每一次感动，把最好的你，留给最对的人。

　　那天偶然看到了一个人物采访，对象是漫画作者安妮，她说，我们在一起8年，却觉得刚刚过了8天。

　　我和远方的人在一起，马上也一年了，时间过得很快，我们两个总是错觉地认为，呀，我们不是才刚在一起吗。

　　在对于爱情这件事上，我还是和你一个看法，那就是我永远相信爱情，电影《推拿》里有一段台词：对面来了一个人，你撞上去了，那是爱情；对面来了一辆车，你撞上去了，那叫车祸，车和车总是撞，人和人却总是让。

　　我和远方的人刚刚在那一瞬间彼此有了火星撞地球的感觉，可能你会笑我用这么俗套的比喻，可是，我真的想不出阵势再大一些的撞击了，如果有，那我一定会引用。

　　我不是在和你秀恩爱，而是我真心希望你可以幸福，找到那样一个人，你看到他的一刻，开始相信一见钟情；你认识了他，会忍不住继续了解。你们有无数次的异口同声，有千万遍不谋而合。你在他身边，会听到自己的心跳在胸腔鼓动，你能真切地感到自己的脸颊在他的目光下被灼伤。你会渴望跟他喝一瓶水，和他一起坐长途公交，用一副耳机听一首情歌。你会因为他而觉得月亮很美，星星很美，哪怕在灯火通明的最后一班地铁归途中，也感觉夜色很美。你会对整个世界的瑕疵忽略不计，因为在他身边，让你觉得有未来。

于是你开始用笨拙的笔触，在脑海里勾勒你们的未来，小心翼翼又满心欢喜，有时自卑，有时骄傲。

我希望你能遇到这样的人的，那你该多开心啊，那样我也会觉得开心了。

今天我把写给你的信，标题都改成了数字，不再是以前的月初、月半、月末了，因为我发现我现在经历的事变化实在太快了，每个月应该会给你写更多信吧，我标上序号，你就可以一封一封地收集起来了。

从上周开始南京天气一直不是很好，淅淅沥沥地下着雨，去年的现在，我都穿上短裤了，你看，一座城市都这么不专一了，可我们还是要生活下去，一边抱怨着它，一边在将要离开时无尽怀念。

再过半年我可能就在别的地方给你写信了，我不会忘了你的，上周听说一个朋友的母亲去世了，觉得很惋惜。如果人知道自己什么时候离开，好好道个别该多好啊。

可能就是因为不能，才叫生活吧。

所以能够相爱的时候，好好地爱吧。

今天我考完最近的最后一场考试，下午恶补了好几个实验报告，舍友提前回了宿舍。我一个人走出图书馆时，天已经黑了，给家里打了电话，大家都很好。你放心吧，就是我一个人，走过灯火通明的食堂时，觉得自己一个人有点孤单，可能到了晚上人就会更脆弱吧，远方的人今天跟我说，千万不要在晚上做重要的决定。

最后再说说开心的事吧，考完试压力也减轻了不少，我打算继续写故事了，虽然文笔没有大进步，但我不会放弃喜欢文字，当我发现现实中一个小小的皱眉，可以用"才下眉头，却上心头"这样美的话说出来时，我是震惊的，于是不可抑制地爱上了。

晚上除了小小的孤独感，更大的收获其实是拐过路口看到了跳广场舞的食堂阿姨，每个生命，都在努力地给世界留下痕迹。

我们也加油吧，你和我，我陪着你，我们一起慢慢长大。

晚安，我亲爱的18岁。

春江花月夜

前几天你给我打电话，说，离我回来的时间越近，你反而觉得越想我了，就像谈恋爱的人一样，无所事事心里空落落的。

听了你这不贴切的比喻，电话那头的我笑笑，看来，你是真的变了啊。

你变了，我该高兴才对。可是我总觉得有那么一丝伤感，轻轻浅浅、不痛不痒的，如柳絮一般飘落在我的心尖儿上。

一

春江潮水连海平，海上明月共潮生。滟滟随波千万里，何处春江无月明。

《春江花月夜》是我小学就倒背如流的一首长诗，托你的福，我现在都没忘，偶尔闲聊的时候念叨两句，朋友还会觉得我有那么一点点才华，可是，你应该不知道吧，应该不知道我曾经那么讨厌这首诗。

那是我盼望了一年的灯会，如同鲁迅先生描写的社戏对小孩子的吸引力那般，深深勾着我幼时的好奇心的灯会。我与发小约定好一起去看灯，红的绿的，大的小的，明明晃晃的，带着年味儿的灯。

在我兴冲冲地穿好鞋子准备夺门而出时，你叫住了我，极其严肃地问，诗背了没。

我慌慌张张地回一句背了，然后鼓起勇气以乞求的目光小心翼翼地望向你。

你没有看我，背对着我擀着饺子皮，桌子腿"吱呀吱呀"的响，你只说了一个字：背。

我不知道为什么你每次都能看破我，即使你没有看着我的眼睛，就知道我说了谎。

对于那次灯会的印象，是我噙着眼眶里的眼泪，站在阳台一个人背这首长诗的第一部分。"空里流霜不觉飞，汀上白沙看不见"。我不懂得诗句的意思，只记得元宵节的烟花在空中绽放，孩子们的笑声传进我的耳朵，你一定不知道，我曾经用一个小孩子的恶意深深地恨过你。

　　我记不清你撕毁了我多少次写好的作文，只记得每周不管我有多少作业，雷打不动的，你会给我额外布置一篇文章。我记不清我度过了多少个那样的周末，只记得每个星期天，要看完桌上十几本书里各自相应的内容才能出门玩耍，有一次我气不过，推倒了所有的书，你人未到声先到，蹿进屋里劈头盖脸地骂了我一顿，我们之间的冰层，就这样越结越厚。

二

　　江天一色无纤尘，皎皎空中孤月轮。

　　在我的心里，你从来都是不懂我的。

　　有一次我放学贪玩七点钟才回家，你给我同桌的家长打了电话，得知四点钟就已经下了课。我一进门，就迎上了你两下火辣辣的巴掌。我们就那样对视着，两个人的眼睛都红得吓人，我已经不是那个看不到灯会还会乖乖听你话的小孩子了，这点我们两个都知道。

　　那天吃饭时，你伸过手来要摸我的脸，我扭过头，不作声响地继续扒着饭，你的手悬在那里，一会儿变成巴掌，一会儿又松下来，最后叹了一口气，缓缓地放下了。

　　你不知道吧，你肯定不知道，那个时候我觉得自己赢了，可是我也不知道为什么，却没有想象中那般开心。

三

江畔何人初见月，江月何年初照人。

你常说，我是个没良心的人，还给我举农夫与蛇的例子。

那时候你病了，曾经追着我整条胡同打得你一下子病倒了。大多数时间我一个人在家，夏天的夜晚没有风，有的时候惊雷滚滚，我就睁着眼睛看天花板上窗户映进来的光。

我不敢一个人睡，你该知道的，可你还是当我第一次自己睡不着、半夜抱着枕头站在你门口时，狠狠地关上了门。那以后，我没有第二次求助过你。

自己过的时间，我享受了绝对的自由，我去医院看过你两次，第一次去，我简单地问了两句你的情况；第二次去，我坐在一楼写英语周报，你在手术室做心脏手术。后来你回家了，就算你病了，胸口上爬了一条大蜈蚣，你还是会在我桌子上扔书，还是会撕我的作文，还是一次又一次地说我是个不优秀的人。那个时候我已经不跟你吵了，沉默是我的大多数选择。

虽然你很好强，可是你终究是个女人啊，所有人都说我像极了你，可只有我知道，我的韧性远不及你的十分之一。

四

人生代代无穷已，江月年年只相似。

有一段时间爸爸的腰出了些问题，牵扯着腿疼得不能走路，我正好在一个很远的地方上课，本来该是爸爸去接我，大老远的，我却看到了你的身影。

我一声不响地坐到车后座上，听着车轴"吱吱呀呀"的闷哼，伴随着你的声声叹息，你自顾自地说起话来，好像不是说给我听的，又好像是只对我说的。

你提及你羡慕很多同事悠然自在的生活，我能感觉到身前的你在哭，可我没有伸出手去搂住你的腰，你一直那么好强，咬着牙吞下了生活给你的一切莫名惩罚。不管是自己病倒，还是丈夫离职后，你都没有跟我抱怨过一句，你依旧强势地把书扔给我，逼我做许多事，骂我没良心，嫌我不努力。可是，你没有跟我说过你过得怎么样，心里苦不苦、累不累。

后来，我到了很远的地方读大学，也算是有了明确的未来方向。

你不再逼着我每周写一篇文章，可我却停不了笔了，跟你聊新看的好书，给你看我新写的文章。你说你现在看看小说心里就会很快乐，已经不追求什么名著了，然后也不会撕掉我的东西，逼着我重写了，反而，你鼓励我，跟我说你觉得写得还不错。

暑假回家时，我一时兴起要练字，提起笔，落下便是一句"春江花月夜"。

你问我，还会背吗，然后戴起眼镜，去书柜找书，坐到我身边也背起来。

我小时候问过你，何处相思明月楼，是不是一个人很想另一个人，你说，是一个人，在原地等另一个人回来。

五

不知江月待何人，但见长江送流水。

有的时候，我躺在宿舍的床上，也会想起你。

春江花月夜，五种事物，唯有月是永恒，春去秋来，江涛滚滚，花开花谢，昼夜更替。唯有那句可怜楼上月徘徊，应照离人妆镜台。道出了你的心酸。

不问盈亏，只顾清辉，其实，我记得灯会那天你给我包了我最爱的茴香素饺子，我吃东西很挑，吃粽子不要枣，吃鸡蛋不吃黄儿，你都知道。我还记得，你打我那天，晚上我躺在床上，你以为我睡着了，偷偷探头进门，说了一句，我再也不打你了。还有，我的手写本，第一页上，你娟秀的寄语，你写道：上善若水，利万物而不争。其实手写本你也有一个，有一次我偷偷翻到了，你记录了许多我成长的点滴，有一次，是我用你给的三个词语编了一个小故事，你说你觉得我很有天赋，你很骄傲。

对了，其实我并不冷血的，我去医院看你的时候，不敢多说话，因为我的喉咙一直在哽咽，酸酸的很难受，你总是跟我说哭没有用，所以我几乎不在你面前哭。第二次去医院，你的手术加时，七八个小时的时间，我一直盯着一道英语选择题，却写不出答案。我知道你自己吞了生活的苦水，然后过滤掉该忧虑的，只让我好好充实自己，所以，我才会是今天这个样子，不骄不躁，面对生活给予我的不如意可以不声不响，埋头继续。我也觉得我越来越像你了，原谅我曾经那么不理解你。

六

谁家今夜扁舟子，何处相思明月楼。

前几天你给我打电话，说，离我回来的时间越近，你反而觉得越想我了，就像谈恋爱的人一样，无所是是心里空落落的。

听了你这不贴切的比喻，电话那头的我笑笑，看来，你是真的变了啊。

其实，我知道我们都变了，你不再拼尽全力把我困在翅膀下，免使我受风雨侵蚀，你把我雕琢成可以走进风雨的样子，便退到了一边。我呢，小时候觉得你的刻刀太过锋利，我恨过你，怨过你，直到我走出了你的翅膀才发现，最悲哀、最无私的，只有那轮清冷的月亮。

不管我走多远，现在都提醒自己，不问圆缺，只顾清辉。

不知趁月几人归，你是一个好妈妈，我知道的算不算太晚。

第二章　每个夏天都有一些关于离别的故事

5月1日：夏天的味道

五一小长假接近尾声，你过得好吗？有没有约上三两好友，去周边逛一逛；有没有换上新的衣服，去拍美美的照片；有没有坐在路边烧烤摊，被刚上桌的小龙虾辣得面红耳赤，哈哧哈哧地吵着再点一份扎啤；有没有再一次完善你的梦想；有没有做完数不清的作业；有没有，过得还算开心呢？

好像一夜之间，就到了夏天呢，街上到处都是夏天的味道，尤其是晚上六七点钟的时候。

拉着手轧马路时，远方的人问我，夏天的味道是什么味道，我闭起眼睛又深深吸了一口混杂着小龙虾味道的空气。夏天的味道，就是闻起来，就好像又看见了童年时候的自己刚刚冲完凉，带着洗发水味道的湿漉漉头发；是没擦干的脚丫，踩着木质的人字拖，扑哧扑哧地一步一滑；是巷口闲聊的大妈们自己打的碎花坎肩；是街尾永远围着一大群孩子的雪糕车；是鼻尖细密的汗珠；是碳酸饮料开盖时的放气声；是和在乎的人，走在有风的河畔，感受一丝清凉的每一个傍晚……每当我想到这些时，那我就一定是闻到了夏天的味道。

远方的人揉着我的头发，说看你这颗少女心，甜得跟桂花糖一样，可是奇怪，一点也不腻。

终于，我在4月的最后一天，看了《谁的青春不迷茫》，青春是一个永远也聊不完的话题呢，我曾经在刚上大学时，觉得自己的青春夭折了，那个时候我不喜欢我的专业，整天跟朋友抱怨自己无法实现理想的痛苦，后来突然有一天，当我开始坐下来，静静地看书或写一些画一些东西的时候，发现梦想其实并不是一件奢侈品。如今我的画册，已经有几十幅画了，每当翻开看时，我就会很开心；如今我在片刻，也已经写了几十个故事，每当读到别人说喜欢我的文字时，我就会很开心。

我不是专业的画家或作家，可我依旧很开心，起码，我取悦了自己。

前几天流云编辑让我再多写些和远方的人的故事，然后就可以放到首页上给更多人看了，我从来没想过有一天我的故事也可以给那么多人带来快乐，如果可以，那我真是做了一件很有意义的事，对吧？

昨天我吵着要去老门东，穿着一件短款汉服拍了很多照片，朋友圈一位老同学评论说，你还是这么稚嫩啊。

有的时候我看到以前的许多同学，穿上成熟又性感的套装，拍化了妆的自拍，便会觉得自己很幼稚。

可是，有什么不好呢，那样，我就可以一直在长大了，而且永远都不会变成可怕的"大人"。

我从没觉得拥有一颗少女心有什么丢人的。

即使现在，我也还是会在台阶上蹦蹦跳跳，还是爱编头发，还是执意双手放平走马路牙子，还是固执地觉得要热烈地爱生活、爱自己，还是想养长长的头发，想爱对的人。

我也不希望你变太多，尽管长大是一个痛苦的过程，你可能会丢失一些朋友，一些玩具，一些纯真的想法，可只要你自己不迷路，还是可以快乐地边走边爱，不丧失希望，如果能那样，你真的是很幸运。

今天远方的人说，你见的坏事太少了，把谁都想得那么好。

我让他给我讲讲那些所谓的坏事。他说，讲了也改不了你的天真，我保护你就好了，你不必知道那些。

　　所以你啊，我只讲给你开心的就好了，你慢慢长大，不必知道那些不重要的烦心琐事。

　　记得买新裙子哦。

5月2日：不能总是悲伤地掉眼泪

你懂那种深深的无力感吗？就好像自己被一个真空的大罩子裹挟着，如何挣扎，都不能解脱出去。

又好像铆足了劲儿，狠狠地打出一拳，却落在软塌塌的棉絮上，不痛不痒的。

立夏一过，就是夏天了呢，尽管今天的风还是有点冷，可心里就是觉得，这是夏天了。

昨天我结束了大学的最后一次体测，跑800米最后半圈冲刺时，我突然很不想到达终点了，我记得你最不喜欢体育课测800米，总是爱跟老师假装肚子疼，得逞后还会调皮地冲闺密吐舌头。那时候一想到未来还有很多次800米测试，你就觉得很烦恼，为什么，人生这么艰难呢，你总是抱怨。

如今，我再也不用跑800米体测了，却没有你当初盼望的那般开心，因为，从此以后我将遇到的考验，再也不是努力去奔跑就可以抵达终点的了，有可能，我永远都不会到达终点，因为到目前为止我都看不到眼前这条路的尽头。

今天和舍友去听了一个宣讲会，当周围的人信心满满地把简历呈出来时，我和舍友面面相觑，小心地退到了一边。的确，这世界上永远有更优秀的人存在，你甚至，连悲伤的资格都没有。

有的时候我会想起你，有人说如果总是怀念过去的时光，那是因为现在过得不如曾经辉煌，跟你比起来，我确实丢失了太多了，今天很想找你借回来。

如同一颗黑暗角落的小石头，看到了远方的巍峨高山，我今天，终于找到了自己要去的高山，可是，我已不再如你那般优秀了。

所以，我希望和你借一些东西，比如丝毫不怕失败的率真，比如心无旁骛的坚持，比如日复一日的忍耐。如果可以，你真的要借我一些，我是需要你的，非常迫切的需要。

前些日子一个学姐给了我很多建议，传承的意义就在于此吧，我们总是踩着别人的一些教训，去走自己的路，再把自己受到的苦难，转而警告给他人。

夏天应该是个努力的、充满汗水味道的季节，正是因为高考安排在夏天，所以青春的回忆里，总是由夏天扮演催化剂。

　　那一年夏天，那个夏天，毕业的夏天，离别的夏天，你看，夏天是个多么富有感情色彩的季节，如果以后我有一个漂亮的女儿，一定要给她取个小名叫夏天。

　　夏天来了，我们不能总是悲伤地掉眼泪，蒸干它们吧，然后好好爱一场。

5月3日：后知后觉的更可贵

日子过得波澜不惊，窗外的鸟鸣让人觉得很舒服。转眼，5月马上过完一半了，你好吗？我很想你。

我在坚持临摹那些小插画，然后再自己配一句文字，还有一个月，应该就可以完结了，到时候翻起来看，又是暖暖的满怀温柔。

就在前天，小主播山山把录制好的《星星也不想说谎》发布出来了，山山是第一个录我故事的人，当时他很诚恳地问，可不可以把你的《孤独患者》全部录下来啊，那时候我们都还没有多少粉丝，仿佛两个漂在水面的人，各自抱着自己的枯木相遇。

每次收到通知有人录了我的故事，我都会第一时间拿出耳机来听，就像前天，中午我一个人坐在教室，微风从开着的窗吹进来，扑到我的脸上，自己的发丝与睫毛纠缠到一起，我戴着耳机，听到的不仅是几位主播优质的声线，还有从遥远的过去奔腾而至的，后知后觉珍贵无比的，青春时代。

那一刻，我真是感动得眼泪都要掉下来了。

感谢那么多人，在疲惫生活里，坚持创造浪漫与温柔，坚持做着这些无利益但美好的小事。

昨天舍友突然跟我说："你一定不可以放弃啊。"

其实，很多时候，我也想过放弃，尤其是连续很多天打开片刻，发现没有任何消息提醒，或者点开文章，发现写不出什么的时候。那个时候，我会问自己，到底希望得到什么呢？做的这些有没有意义呢？还有，我真的是有天赋的作者吗？还是仅仅自我感觉良好呢？

迷茫得不知所措，便会开始灰心，开始走向现实世界。

可突然某个时刻，我听到一首歌，或者，我接受到一缕温柔的阳光，便会鼓励自己，继续下去吧，这么美好的世界，你不记录下来，真是白活了。

于是，当灵感喷薄而至的时候，我还会窃喜地觉得，我就是被上天安排来做这个的，这是命中注定，我要坚持下去，我要与世界对话。

终于，现在看到山山的粉丝从几十增加到了几百，我才发现，身边依然有那么一群人，也在坚持，所以，我并不孤独。

昨天更新了《冰糖与花》，有个粉丝评论说写得太少了，内心里感动得稀里哗啦，其实我早就写了很多，积累在草稿箱里，周五的晚上我总是在看时间，想着是八点发还是九点发呢，最后因为迫不及待，八点就发了出去。

还有一件小事，是我昨天申请了一个小号，因为有太多人想让我写他们的故事，从来没想过有一天我可以变成一个值得倾诉被完全信任的形象，很幸福，真的。

你怎么样了，吃得好不好，过得开不开心？

外边太阳很好，出去拍照吧。

5月4日：少女情怀总是诗

这是5月的最后一封信，刚过了小满，南京依旧烟雨朦胧，不管是520还是521，都让人格外温暖，虽然有很多人觉得，现在的节日越来越无聊，甚至有人说，那528是不是还要跟爸爸过呀，其实，这种节日越来越多，会不会是因为，平时我们过得并不幸福呢。

因为不幸福，所以创造很多可以有机会营造幸福感的节日。

今天和远方的人去做了一个属于自己的小蛋糕，全程都很欣喜，完全忘了我们即将分别的现实。刚知道我们以后要异国恋时，我总是爱瞎想、爱哭，伤感得不行。而现在，我们都在为各自的事情忙碌着，好像是并没有时间去伤感。我还记得有一次你的地理课要期末考试，而你在前一天还没有温习完课本，整整一天上课时间你都心神不定，担忧着考试。当你回家后，翻开课本，熬夜至深夜两点，也没有想着担忧考试。你只是不断地跟自己说，多看一点，再多看一点。所以你瞧，许多没有来到的事情并没有想象中那么可怕，即使可怕，等事情到来，我们还是会去面对，去解决，这就是生活的神奇所在了。

　　这周我的两个老朋友，也就是你现在的同学，互相给对方写了封信发到朋友圈，言辞落笔尽是沧桑，读起来我都觉得自己老了不少。他们的文学造诣比我高，读书的类型也比我爱的种类深刻得多，所以遣词用句很老成，竟给我一种阅读白话文刚时兴时那些作家的文章的感觉。而我更喜欢用谈话的方式记录生活，读起来像跟自己对话，很亲切。

　　两个老朋友提到了诗社，对，就是你们现在创建的眼镜蛇诗社，一共10个成员，那天你把地理课本立起来挡住脑袋，闷着头写了一首《蝶恋花·流年》。下课后给朋友看，一拍即合，你们就创了个诗社。

　　"西瓜"是你的笔名，也是我用过的头一个笔名，如今6年过去了，我换了很多笔名，现在只用"小萘"这一个。我还留着你们一起出的诗集，《流年梦》，是个好名字。

　　我还记得《冰糖与花》刚被推荐时，远方的人说，你要做好心理准备，肯定会有人不喜欢你的文字。喜欢你的人越多，讨厌你的也就越多。

前天我就收到了那样一条评论，在我的某一个故事下，一位读者评论我，大概意思是，你写的这是什么啊，狗屁不通。说不出来该高兴还是生气，我也有在生活中不喜欢的人，尽管我不喜欢他们，他们依旧活得开心，尽管会有人不喜欢我，我也依然会坚持写下去。为了粉丝的一句"加油，你的文字好温暖"，或者，为了我自己几年以后回忆起来不会后悔，我都会坚持。如果真的有不喜欢的朋友，那我只好说句抱歉，我不能讨好所有人。

你知道吗，今天我的片刊和文章同时上了首页，在521这一天给人们带来温暖，真的很有成就感，重点是，人们觉得被我的文字治愈了时，我也觉得，被大家真心喜欢和暖暖的评论治愈了。哪怕我这一天做着迫不得已又困难得要死的事，忙得晕头转向，看着暖心的各种评论，我便觉得自己又复活了，我们，其实就是在相互治愈啊。

子曰："逝者如斯夫。"在能做一些事的时候，一定要去做，最后，附上那首六年前作的《蝶恋花·流年》。

碧池蛙声催昼眠，日暖翠帘，蜂蝶纷舞处，昨夜甘霖漾微涟，素绢玉髻照妆颜。遥想去年长亭怨，泪眼窗前，粉腻何人怜，梦回今宵忆流年，年少无忧放纸鸢。

喜欢是一场重感冒

翻阅朋友圈时，看到了一句话："喜欢和不讨厌之间是隔着数亿光年的。"

发动态的朋友，平时是个非常洒脱的人，我认识他喜欢的姑娘，是那种笑起来像夏天的薄荷一样让人舒服的类型，面对朋友的告白，姑娘说，你是个好人。

距离告白事件，已经过去好几年了，如今朋友偶尔会发一些伤感的句子或图片，每当看到时，我都会联想到那个薄荷一般的女生。有可能朋友并不是真的放不下她，只是一个人的时候，想到她，难免会觉得有些感伤。就像彩虹里唱的，"也许时间是一种解药，也是我现在正服下的毒药"。

前几天同闺密吃饭，她说她暗恋的人找了新的女朋友，我附和了一句，应该挺好看的吧。她立时拿起手机，说我找给你看，然后就像我们平时八卦别人一样，熟练地点击那个男生的头像，又点进了他的相册。我拿过来看，是一个很阳光的男孩子，怀里偎着猫一样的女孩子，闺密坐在我对面，喃喃自语，不就是眼睛大了点，皮肤白了点吗，有那么招人喜欢吗？

左右切换照片时，完全不用缓冲，这丫头一定不知道看了多少遍了，我抬起头，看到她眼里亮晶晶的。喂，不要这么没出息，我丢给她一张纸巾。

喜欢要是病就好了，起码能治，她瘪着嘴，无辜地看着我。

喜欢要是病，那也一定是绝症；爱情要是药，那就一定是毒药。

我上大学之后便开始写一些爱情小说，总爱端到作为语文老师的妈妈眼前，让她评论一二。印象最深刻的，就是最近写的《孤独患者》，我给她讲说，这是一个荒诞的小故事，女主是一名精神病孤独症患者，她盼望心里的那个人能来看看她，问问她过得好不好，由于被困在病房里，她的妄想症日益加重，于是幻想自己即将出发去看望那个"他"。

她整夜整夜地给那个他写信，然后丢掉，日复一日，故事以医生打算对她加强治疗结束。妈妈惊奇地看着我，原来你是这种立意，我一直以为是女孩子生病了，还坚持夜以继日地给心爱的人写信，飞蛾扑火一般视爱情为信仰，执着坚持。

刨除了内涵的分歧，又说到文笔，妈妈说，总觉得差了点什么，爱情应该给人一种心痛的感觉，丝丝缕缕的，隐隐约约的，就像白皙皮肤下的血丝，密密麻麻的，纠纠缠缠的。

昨天给初三的一个妹妹做家教，小姑娘学累了跟我聊天。她说，姐姐，我有一个非常喜欢的人。我笑她小花痴，她红着脸，跟我说，姐姐，那天体育课，他把校服扔在了我的桌子上，我趁他不注意，偷偷闻了一下，我怕，等毕业，就不能每天看到他了，他会遇到更多漂亮女生吧。

我看着小姑娘绯红的脸颊和担忧的神情，忍不住揉了揉她的头发，却发现她已经"啪嗒啪嗒"地掉了眼泪。

喜欢一个人，也许就是患上一场重感冒吧，记得那年步步高手机的广告，背景音乐是《我在那一角落患过伤风》。"嗒啦嗒啦"的旋律，好像是猫儿轻轻踩在心尖上。喜欢这个词，说起来就带着一丝伤感，无缘无故的。人跟爱情的世界里从无道理可讲一样，那么不可思议，却又理所当然。

喜欢又分很多种，就像感冒有流行感冒和病毒感冒，伴有咳嗽、喷嚏等不同症状。暗恋一个人，就像鼻塞，想他吧，他又不属于自己，为他悸动过，开怀过，落泪过，满怀期待过，唯一的遗憾，就是我演着有你的偶像剧，而你以为自己是路人，连驻足观望都不愿意施舍给我。

狠狠心不想他了吧，转而又觉得更折磨，如果不想他，那还能做什么呢？

比暗恋更辛苦的，是真正拥有一个人，那才是彻彻底底地染了病。

有句话说，情到深处最孤独。

我一个人的时候，总会因为某个店里的背景音乐，一下子很想哭，自己也不知道原因，掏出手机敲敲打打很多字，然后觉得自己不免有点夸张，便又删了些许，只留下一句，我想你了。

远方的人回复我，我也想你了。

于是我又想到了一首歌《思念是一种病》，又感叹自己，真是病得不轻了。

如果思念有声音，那应该像大洋正中的蓝鲸发出的呓语一般神圣；如果思念有颜色，那应该比我见过的最暖的阳光

65

还要温馨；如果思念有重量，那一定是像云朵，远远的，轻轻的，触不到，却又在心里缠绕纠葛着，痒痒的，想到就想笑，笑到落下泪来。

如果读到一段关于爱情的文字，我会忍不住发到朋友圈、空间，以及各种你能看到的地方，希望你知道那是给你看的，可是却不愿意告诉你。如果听到一首稍稍感伤的歌曲，也会立马找你探讨，喂，你说，人们为什么要分手呢？这时候你又该笑我傻了，你说，我们不分开就好了啊。

如果晚上一个人冻醒了睡不着，我又会开始想，你怎么样呢，睡得好不好，晚饭吃饱没，有没有人欺负你，有没有人在你一个人的时候，给过你关切的眼神，我希望有，又希望没有，我希望你被温柔以待，又怕别处的温柔，宠坏了你，怎么办呢，喜欢是场病，我无所适从，这世界上的人，都无所适从。

爱如饮鸩止渴，仍旧甘之如饴；爱如围墙，墙内的人，受尽折磨，也不愿出去，墙外的人，哪怕知道会受尽折磨，还是奋不顾身要进来。

不管你是患上了哪种感冒，不管你是经历了哪种爱情，在能爱的时候，就好好爱吧，好好地、热烈地爱。

如同陈粒的歌里唱的：

我忘了置身濒绝孤岛
忘了眼泪不过失效药
忘了百年无声口号没能忘记你
我想要更好更圆的月亮
想要未知的疯狂
想要声色的张扬我想要你

6月1日：时间是最慷慨的小偷

好久不见，你好吗？

紧赶慢赶的，还是没有在6月的第一天及时给你写信。昨天朋友圈里铺天盖地的都是伙伴们的童年照，我每张都看了，觉得人真是会变的呢，你瞧，每个人都戴了一张"面具"。

我记得你高中那会儿喜欢《盗墓笔记》，迷得不行。所以啊，我大一的暑假，迫不及待地买了个全套装，八九本书抱在怀里的感觉，真是满足啊。记得吴邪也有一张人皮面具，是他三叔的脸，那本书的最后一句话特别引人深思，大概意思是，有的面具只要戴上了，就摘不掉了。

我看着你的照片，一边庆幸自己没有太大改变，一边为咱们细微的差别而感伤，前几天听英语课，一句英文的大概意思是，有一位男人，到了30岁的时候，突然很想写诗，老师说，人到了30岁，就有了情怀了。

我想，可能是因为回忆太多吧。就像我昨天看到了《前世情人》的MV，却满脑子都是歌手的《晴天》《七里香》《黑色毛衣》《东风破》，你看，人总是恋旧。

对了，祝你节日快乐。我知道有点晚了，也知道你不会怪我，马上就要高考了，你想好未来做什么了吗？好像这是个很大的难题呢，人不是想做什么就可以做的，但是你要开心啊。

我今天取了很多快递，买的单词书，远方的人寄的零食，购置的生活用品。微博上有一次话题是无法自杀的理由，有一句就是"快递还没到，我不能死"。我突然想到了你是不经常用快递的，甚至还没有自己的银行卡，我好想寄些东西给你，连同现在的我一起寄过去，可是，我没有时光机啊。

5月份的时候，妈妈打电话过来说，阿姨家的妹妹，明年就结婚了，还小心翼翼地问我，"你，你羡不羡慕妹妹啊，现在过得辛苦吗？"

妹妹学的幼儿师范，已经工作两年了，你们俩小时候就要好，还约定你结婚她要上台发言，或者一起结婚，如今她要嫁人了，我却不能去质问她当年的约定还算不算数，只能发自内心地祝她幸福。

挂了电话之后，我在地上蹲了一会儿，远方的人在我旁边，当时我们刚好看完《爱丽丝梦游仙境2》，"你怎么哭了？"远方的人总是被我吓到，连忙蹲下来问我原因。

你现在应该还没有我这些乱七八糟的想法，有一天晚上，我梦到家人去世了，惊醒后泪流满面，一整天都忧心忡忡。片刻有一位编辑前两天写了辞职信，大概内容是要去做一名工作稳定的教师了，家人希望她如此。

我现在终于懂了，为什么有那么多人，会放弃梦想。因为，长大后我们发现，时间真的不会等人，就算拒绝长大，时针秒针还是在不紧不慢地行走。我不能像你那样有无数个梦想了，因为，时间总比我跑得快，那些在乎的人，不会在时间的原点等我，我们只能彼行彼珍惜。

可是时间又是多么慷慨啊，你看，我现在有了关于你的那么多回忆，都是得益于时间，我坚持了将近半年的写作，此时此刻也正在渐渐回报我，当然我是不求结果的，但是如果有结果，我会更感激时间，对于未来，我终于想通了一件事，那些担忧的、幻想的，都还没有出现，那些过去的、耿耿于怀的，也终究不能被改变，我能做的，就是每天好好学习英语，准备专业课，热爱生活，坚持手边的各种让我开心的事。

能坚持一些事，真的很有成就感。《大鱼海棠》马上就要上映了，20年的等待，梦境终于成为现实。所以，时间啊，总是先给予再偷走，它给予你光阴时，不要彷徨，它偷走你所爱时，也不要愤恨。

如此，就好了。

今天终于晴了一些，还是有些寒意，你能相信这是南京的6月吗？等你长大了，来看一看吧，清晨的金陵城和夕阳下的古城墙，都是美的。

要开心呀，暑假就快到了，记得去游泳，骑自行车，看《大鱼海棠》。

6月2日：高考是一种情怀

6月的第二封信。

早晨下了一场雨，下午接到远方的人电话时，天空已经放晴了，几朵棉花云躺在蓝色的天幕上伸懒腰，我在教学楼的露天走廊里，也跟着伸了个大大的懒腰。

《冰糖与花》由于考试原因暂时停止连载了。说真的，虽然只有两三周时间不能继续构思它，但是还真有点舍不得，不知不觉地，它已经成了我的习惯。很多粉丝发消息过来，说看糖糖和花花的故事已经成为了他们每周五的必修课，甚至还有人私信说，能不能，让她看一眼男主人公的样子。我觉得，读者们真的太可爱了，谢谢你们。

昨天把《送你的情话》这个片刊完结了，其实，明明还有很多，可以继续画很久，可是，看到图片数到了30，突然不想继续了，适可而止也许也是一种不错的选择。我想了想，30张图片，30句情话，正好一个月的轮回，30天足够沉淀许多事情，30天可以形成稳固的习惯。30天是日历又翻开新的一页，我希望，不管是你，还是我不认识的千千万万的人，都可以在新的开始，重新生活。

每年的高考都被一群怀念青春的人闹得沸沸扬扬，仿佛走进考场的那个人依然是自己。

也许，高考早已经成为一种情怀了吧。

你刚刚考试完第二天醒过来时，习惯性地以为自己要迟到了，结果发现校服已经不在床头，你自己坐在床上，怅然若失的，就那么坐着，好像，少了些什么呢。

我今天又把毕业照翻出来了，那时候你的样子还真是呆萌。齐刘海，小圆脸，脖子上还戴着一颗玉豌豆，因为妈妈说，豌豆有节节高的意思。

拍毕业照那天，所有平时斗嘴的同学，莫名其妙地都客气了起来，大家只是一张一张地拍啊，拍啊，笑啊，笑啊……一阵沸腾之后，大家把桌椅搬回教室，再然后，整个学校都空了，那一天你的心，也是空空的。

前两天看到"片刻"上另一个作者也宣布停载了，末了附了一句话："当时明月在，曾照彩云归。"

有人说，总怀念以前，是因为现在不快乐。

我现在和你一样，还是坚持着很单纯的许多想法，可能看起来有些幼稚，可是我并不想改，我怕我改了，以后再写信给你，你会怪我变了。

最近是一学期最忙的时候，七八门考试接踵而至，真的有点应接不暇。可是我还是抽空写一些东西出来，留给自己，留给你，我又有新想法了，我在写一系列童话故事，关于一个神奇的马戏团，关于一些爱与被爱的小人物，关于一些生活中的小悲伤与小幸福，读起来可能有些伤感，但咀嚼后总觉得有种回味，我想，这就是我的目的吧。生活不就是这样吗，苦中带甜，尽管每个人都知道最后自己难逃衰老，可还是在努力生活。

流云编辑说，这个系列不错，可以做一个片刊，我还没有想好它的名字，姑且也就先不想，一点一点做，早晚会明晰起来。

其实，一直以来我的故事，我的作品，基本都是熬夜写出来的，因为大部分白天我没有时间想这些，每天面对的是各种药物和生理病理实验，有的时候大夏天带着厚厚的口罩手套做实验，眼镜从鼻梁上滑了又滑，两只手又沾满了血，只能用手肘往上蹭一蹭，面对满眼的狼藉，我更能体会到生命的脆弱和倔强。

　　所以，对于每一个熬夜敲出来的文字，我都是感激的，因为有了它们，让我的夜变得别样温暖。

　　也希望因为有我，你能觉得稍稍开心那么一点。

6月3日：在最好的时光，做最喜欢的事

11：00，被学校值班的大叔从自习室里赶了出来；11：10分，拉着同样备考的朋友的胳膊，聊了一会儿最近的热门；11：20，准时拨通远方的人的电话，谈谈今天的琐碎日常；11：30，看到这份片刊上了首页，有些始料未及；11：40，才想到要向编辑道谢，真的没有想到，有一天我这些乱七八糟的话，会被那么多人喜欢。

所以，在听这些的你，是不是又在心里默默替我开心了？

今天收到了远方人的妈妈寄来的一箱樱桃，很大很甜，带着水珠红彤彤的给人一种活着的感觉。每当接收到别人对于我的善意，我都觉得，活着真好啊。你是不是要笑话我了，觉得我没出息或是太肤浅。

简单一点真的会很快乐。有的时候，我真想把手里的

专业课本都扔掉，然后背着你原来买的那个画板，出去走走画画。不过，我已经很久不碰水粉了，现在也只是画些彩铅画。还记得小时候要考美术特长生，你拉着爸爸要练人像素描，小学生的水平还真是天不怕地不怕的，把老爸画得比猴子还原始。每每和朋友提起这事儿，我都会忍不住笑好久。

那时候画的爸爸，如今也老了呢。

我也忘了是哪一天，反正就是从某一天开始，突然发现他的鬓角变白了，不是一丝一丝白的，而是我注意到时，已经白了一小片了。于是我又要怪自己了，怎么以前都没注意到呢。

你呢，注意到了吗？肯定也没有，你还会说，爸爸真是个骗子啊，他怎么会老呢？明明就不久前，不久前，他好像还背得动我啊。

这个不久前，留在了那本泛黄的老相册里。

那本相册我总会翻出来看，看你从小肉团，变成小萝卜头儿，再变成小精灵，最后，变成了现在的我。

可是，那本相册里没有现在的我，好像，现在的人们都不习惯冲洗照片了，手机打开，微博、朋友圈，到处都是即时影像。

所以，昨天和远方的人路过那台微信打照片的机器时，我们兴冲冲地打了十几张出来。

照片拿到手里，真的是不一样呢。我摸着我们的合照，觉得比在手机上看又更具体了些，好像，这就能让我离他更近一些了。

后天我要开始第一门考试了，每年的期末，都会觉得自己熬不下去了，到现在，我终于学会劝自己，该来的总会来，来了就会过去，过去了就不要再叹息。

所以，我没有那么怕了，反而坦然了许多。我还记得你那时候备考期末，为了一场地理考试，自己钻到被窝里看书到两三点，也真是蛮拼的。

现在能让我熬夜的，只有写东西这件事和远方的人的牵挂。

不过，我们的相处模式又改进了很多，以前我们总是要等到两个人都忙完，互道晚安才能各自入眠。

这两个月来，他有他的事要忙，我有我的事要做，两个人的休息时间总是错开，于是，为了让对方能更好地工作休息，我们变成了各自留言，不管是谁先忙好，要睡的时候，都会给对方留言，道一句晚安，然后安稳地先让自己休息下来。

原来，爱一个人不是彻夜陪他聊天，而是我们渐渐长大了，发现让在乎的人好好休息，是最让自己安心快乐的事。

以前总是我先睡，第二天醒来会看到他的留言，总有一句大概意思是："知道你安稳睡了我也就能安心继续忙碌，同时很心安"。今天我睡得晚，给他留言时突然在想，他会不会梦到我，于是莫名地就格外心安起来。所以你看，我们长大之后，喜欢一个人不是24小时黏在一起了，而是把不在一起的时间，充分利用起来，让自己变得更好更健康。

今天有读者说让我一直写下去，我会那么做的，不是为了吸引更多的粉丝或是其他目的，我只是单纯地想写。曾经有位歌星会每年给自己写一封信，我现在是每个月都在坚持写，有的时候我回头去读，会发现自己真的在长大，比如一开始我还会抱怨我的专业学起来辛苦又晦涩，而如今，我发现我心里是爱它的，那些给予你苦的东西，同样给予你惊喜。

如果生活太安逸，我也不会想写东西出来温暖自己和别人。就如同我舍友回答家里人的关于想不想的问题，她说："只有在外面过得不好的人才会想家，如果过得好，谁会想起家。"

我不太赞同她的话，也不太反对。

不过，我昨天吃火锅时，有一瞬间脑子里闪过一个念头，要是我爸爸和妈妈同时也在和我们吃这些好吃的东西，我应该会更开心吧。

迟到的父亲节感慨，送一首《臂弯》给你，"二十年前的夏天，空气还那么新鲜，月亮比现在好像要亮一些"。

6月4日：注定不平凡的我们

那些不能杀死我们的，使我们更强壮。

忘了告诉你，这是抗生素第一定律。相对于微生物来说，我们反而显得更脆弱了，不是吗？

"你过得好吗？"

"我过得很好呀！"我嘴里这样回答。

"其实，好像也不是很好啊。"我心里这样回答。

早上刚刚考完微生物与免疫学，准备得还算充分，我还是和你一样，对很多事情都没有足够的安全感，所以，宁愿熬夜背书，也不肯第二天早起去把小抄偷偷地写在书桌上。况且，今天的监考突然让抽签决定座位，一时间，所有在桌上打小抄的人都慌了。

你看，所以有的时候面对太多的变故，我们还是只能靠自己。

你是不是觉得有点伤感，觉得我言过其实，好像，人总是喜欢把自己受得苦难夸大，把自己得到的好处缩小，我最近也爱这样了，真的很奇怪。

比如，我在和父母打电话时总会强调我们现在的复习有多辛苦，我告诉他们舍友深夜两点睡下，清晨五点起来背书，只不过是想从侧面影射自己。让父母觉得，呀，那你是不是也学得这么辛苦，然后在得到关心时，再补一句，哎呀，其实我还好啦，我还可以的。你看，有人开始关心你了，你又开始说自己没事，说自己还撑得住，人就是爱撒谎。

有的时候我们真的需要倾倒一些情绪垃圾，今天我给远方的人打电话时，又重复了老话题，"我觉得自己很差劲"，我说："我觉得有一种深深的无力感，我想做的太多事，现在都没有能力去完成。"

本来正在准备明天演讲的人，放下手里的工作耐心地跟我聊了一个多小时。

你以前总觉得出国的那些人，一定都很轻松吧，总之，你觉得他们都很幸福。

远方的人下个月就要走了，说实话，这段时间他过得辛苦，连续两个月没有在一点钟之前睡过觉了，每天有很多东西要翻译、要准备，也有很多自己的烦心事。所以你看，所有人都不是如表面那般光鲜，你抱怨时，往往也忽略了他们辛苦的一面。就如同你羡慕现在的我和同学们，懂得很多医药知识，你却不知道，我的一个同学，熬夜复习后今天早晨起来还吞了一颗降压药。

我的辛苦，其实很多都没有告诉你，我不想你难过，也不想你因为知道这些不好的事情，就不想长大了，你不是最渴望长大了吗，我怎么忍心让你对未来失望呢。

昨天很晚的时候给编辑发邮件，提前申请把《马戏团》的下一个童话放到首页，日子太苦了，我想让你吃点糖补一补。所以，你读我的童话的时候，一定不要看主人公失去了什么，而去仔细想想他们得到了什么。

6月马上就要结束了，儿童节在这个月，端午节在这个月，高考在这个月，中考在这个月，期末考也在这个月，你看，你这一个月其实经历了很多大事件呢，是不是很充实？

那些不能杀死我们的，也教会了我们希望。

喜欢是一首轻民谣

上初三的妹妹有一天晚上突然找我聊天，"姐姐，他熬不过独立期，还是跟我提分手了"。

我这边正抱着临床医学概论读得云里雾里，"独立期"这个名词硬生生闯了进来。独立期？独立期是什么期？我只知道心脏的收缩期和舒张期。

"你不知道呀？"小姑娘将失恋的痛苦放到一边，强打起精神，觉得当务之急是给我普及她掌握的恋爱知识，于是滔滔不绝地讲了起来："所谓恋爱，分四个阶段，分别是热恋期、矛盾潜伏期、独立期、稳定期，我已经成功地度过两个阶段了，可他却在独立期跟我提分手，你说他怎么能这么对我！"说着还噘起了嘴，气呼呼的很是可爱。

这一下说得我更是云里雾里了，既然恋爱可以如此分期，那我还能再给它分出六七八九个来，什么适应期、熟识期、冷淡期、回暖期，岂不是想怎么分就怎么分，这孩子真是被那些爱情分析测试害得不轻。

"那你是怎么想的呢？"我问她。

"没有他，我不知道该怎么办了，我一个人觉得好孤单，好难过，明天学校组织去春游，明明是一件我期待了很久很开心的事，可现在没有男朋友了，好像，是他妈妈嫌弃我成绩不好。"她说着说着，就哽咽了。

"可是你还有好朋友啊，要不然，我给你讲个故事，你缓解缓解心情。"

我想不到更好的办法去劝慰一个情窦初开的像花苞一样、刚刚探头打量情感世界的少女。如果我说，爱情就是这样没有保障，今天牵手山盟海誓的人，明天就可能化为陌路人相忘于江湖，况且，你这又不算爱情，只不过是两个无知的初中生相互喜欢。如果我这样说，那她以后肯定会受我这番话的影响，再不敢轻易相信爱情，再不愿轻易去喜欢另一个男孩儿，而喜欢，是多么美好的一件事啊。这个年龄的喜欢，其实是最不该被硬生生阻断的。就像一条浅浅的溪流，本来是平静地流淌，一边欣赏沿途的风景，一边稳步向前，突然摆一块砖头将它拦腰截断，使本来没有什么危害的溪流，很有可能偏离轨迹，甚至引起不必要的麻烦。

　　我记得刚得知她有男朋友时，问她，你男朋友的父母是做什么的，离你家远不远，他的学习怎么样。

　　她瞪大了眼睛，有些生气，说你怎么跟我爸妈问的一样，班主任找他的父母谈话，回家后他们也问我这些问题。可是，这和我喜欢他有什么关系吗？他们说谈朋友耽误学习，可是，他学习很好，还不嫌弃我学习差，总是给我讲题，我觉得，在一起之后，我学会的反而更多了。

　　小姑娘如此质问我时，我悲哀地发现，自己终于被成人世界的恋爱观同化了。我记得我初中时也有过一个非常喜欢的男生，小女孩儿的心思让我觉得，喜欢一个异性，真的是一件非常丢人还不敢表露，但又充满粉色浪漫气息的事。少女时期对于男孩子所有的幻想，都可以自己编剧、导演，并在脑海中彩排千千万万遍。

　　当我的班主任找父母谈心时，我没有被父母质问那些问题，而是被明确地警告，不许再有任何往来。于是，我开始了为期将近两年的叛逆期。

　　现在想起来，我已经不怪我的父母当时阻拦我喜欢一个人了，因为我们并没有因为他们的阻拦而分手，尽管我妈还给他的家长打过电话。后来，高中的某一天，那个男孩子对我说，我觉得你妈妈说得对，我配不上你啊，我们还是不要在一起了。

　　如果真的有遗憾，那就是我没有早一点去懂得喜欢的含义。很多父母，包括我的父母在内，过早地在我们的思维里植入一些不好的想法，我记得我妈说过，你这样，妈妈的同事要是知道了，妈妈该多丢人。

　　我喜欢一个异性朋友，真的是一件丢人的事吗？

　　想到了前一段时间读到的文章，讲的是两个小学生，小男孩儿总是在父母面前提及小女孩儿的种种，她的新裙子很漂亮，她的字很工整，她的睫毛很好看，她的耳朵上有小绒毛，她的皮肤很白。男孩儿的父母意识到自己的孩子喜欢上了小女孩儿，于是格外注意自己的言行，生怕一丝丝惊动或不屑，让孩子觉得，喜欢一个异性是丢人的事。与此同时，小女孩儿也总是在家里夸赞小男孩儿，女孩儿的父母便和男孩儿的父母通电话，他们分享着孩子的成长，商量着千万不可以给一个孩子情感的萌芽造成任何阴影。

　　有一次小女孩儿咳嗽得很厉害，小男孩儿总是看她，老师问，是不是她吵到你学习了？

　　小男孩很天真地说，老师，我看她咳得好辛苦，好想替她咳哦。

　　后来老师在家长会上说，我不该用一个成年人卑鄙的想法，去揣测一个孩子的心理。

再后来小女孩儿移民去了加拿大，有一次小男孩儿做卫生，在小女孩儿的课桌角落发现了几根头发，他捏着这几根头发跑回了家，非常惊喜地喊着："爸爸爸爸，你看，这一定是她的头发吧。"小男孩儿的爸爸回应道："你是不是很想她。"小男孩儿终于忍不住了，抱着爸爸的腰号啕大哭起来。

读到这里时，我的眼眶也湿润了，喜欢，其实是一件非常简单的事，是我们自己，把它变得异常沉重辛酸。

喜欢就像一首轻轻哼唱的民谣，像某某广告讲的那样，丝丝滑滑地缠绕在每一寸被阳光沐浴的肌肤上。

喜欢，是热爱这个世界的前提，因为我喜欢你，或者，因为我喜欢一些事、一些小物件儿，我便会觉得整个世界都温柔可爱起来。喜欢，说起来就觉得是一件非常美好的事，像夏天傍晚冲凉后湿漉漉的头发，像冬日午后难得的暖阳，像听到了花开的声音，像看到了雪花的坠落。

于是，我给失恋的妹妹讲了一个非常幼稚的故事，从前有一只毛毛虫，它喜欢上了对面河岸小姑娘的笑声，于是非常非常努力地变成了一只蝴蝶。在所有的花都开放的时候，它飞过了那条宽宽的河流，没有去采撷花粉，而是落在了小女孩的肩头。于是，它终于看到了最美的笑靥。

　　小姑娘把擦眼泪的纸揉成了团，提了口气，好像做了很大的决定似的，跟我说："姐姐，我要成为一个很棒很棒的人。如果以后他还喜欢我，我也要继续喜欢他。"

　　看着小姑娘天真又坚定的神情，我的耳边好像又响起了歌声。

7月1日：时光如水，总是无言

我放假了，你呢？开不开心？

终于，我能在这个月份的第一天给你写信了，真的很欣喜。你知道吗，我忍了多少天不动笔，忍到整个人都觉得要炸掉了，忍着忍着，就攒了一肚子话给你。

前两天看到了一个大四学姐的毕业照，她不喜欢她的专业，一直以来都在抱怨，可那天配着照片，她写道："时光如水，总是无言。"

你看，人总是在离开时才会发觉不舍，才会发现，呀，原来，我已经有了些感情呢，尽管我曾那么嫌弃这一切。

我也是的，你知道我这半个月怎么过的吗？我每天五六点钟起床，在教室一坐就是一整天，看着晦涩难懂的医药学类书籍，晚上十一二点才回到宿舍，有的时候写完日记已经一两点钟了，我拖着透支的身体爬到木板床上倒下，总是想着，我为了什么呢，相比于高中的其他专业和学校的同学，我为什么过得这么苦，我为什么要这么辛苦呢，我总是问自己。

不只是我，跟我一起的朋友，有一天吃完饭回自习室的路上，叹了口气说："我只想快乐地好好活着。"

可我今天，考完了最后一科交卷的时候，仿佛是给了自己这个阶段一个没有遗憾的终结，我觉得，呀，我熬过来了，我还不赖。

每个人，都是这样的，一边跟别人讨论着苦难，一边为自己有幸经历而扬扬得意，"天将降大任于斯人也"，我总是这样安慰自己，苦点就苦点吧，我不是还活得好好的。

你那个时候从来不问自己为什么生活会辛苦，因为你有目标。

你那个时候从来不会迷茫得不知所措，因为你没有时间瞎想。

因为，你那个时候，你只想着，毕业了，考大学，就这么简单。反而，高中最让你苦恼的，就是你走了，谁会坐你坐过的桌子呢，谁会在你待过的教室呢，谁会被你的班主任教训批评呢，谁又像你一样，最后不得不离开呢。你想着，毕业那天还在桌上写了一句话："醉笑陪公三万场，不诉离殇。"

这是我非常喜欢的一句话，非常非常喜欢，觉得有股豪气在里边。

我总是爱跟好朋友说，缘分到了，不一起喝酒都难。他们总笑我，然后毕业那天，我们一大班人喝了不知道多少个空瓶子出来，最后一个关系很好的女生哑着嗓子喊着唱《朋友》的时候，不知道有多少人抹了一把眼泪。

你别伤心，虽然我说得很伤感，可是现在，你们还是在一起啊，你们每天叽叽喳喳的，为了某些关于考试的小道消息，为了某两个同学的新绯闻，为了操心某两个老师能不能修成正果，你们，还真是忙呢。

我今天又去剪短了头发，剪到了肩膀，很舒服的长度，还有些弧度，嗯，我喜欢弧度，差点忘了你也喜欢，可是，你只能扎马尾辫啊。

别急，你总会长大的。

别急别急，快进的时候啊，总是会错过美丽的小风景，所以，你要一帧一帧地看啊，仔细地、好好地看。

南京在下雨，没有阳光，我特意挑了一件有加菲猫图案的衣服，就是喜欢它的表情，"我才不管世界怎么想，我要吃意大利面"！

七月好，你也要好好的。

7月2日：每一个怀旧的日子

仙人掌开花了，每年都会开一次。

我记忆里的夏天，好像都没有正在经历的这个夏天炎热。

那些没有空调的夏天，你和父母住在大胡同里，每天早上都会跑到院子，打开一整条胡同的水龙头，然后穿着塑料小拖鞋，"啪嗒啪嗒"地踩水降温。这时候隔壁屋的齐大妈会打开房门，半带埋怨半带宠溺地冲你喊话，"水不要钱，就可劲糟蹋啊？"

确实，那时候水不要钱。确实，那时候你爱玩水。

我也爱的，只不过现在每天浸泡在空调屋子里，觉得就算水扑到脸上，都不怎么凉爽了。

你在干吗呢？想不想回老家，就是你出生的那个大胡同，估计你不会想回去，你觉得那里又破落又不卫生，比不上高楼大厦气派，可是，我却很想回去看看。

　　我记得那条胡同，第一间屋子住的奶奶，你和父母住在最后一间。每天你来回不知道能跑上几趟，顶着骄阳也好，冒着严寒也罢，就是那么精力充沛地跑着，于是整条胡同的人你都认识。你从奶奶那里拿一根麦芽糖，然后跑回自己的屋子藏好。对了，你的屋子里是不是还有一个大收音机，非常大的那种，黑色的，还可以放录音带的那种，印象里总是你吵着让妈妈给你放儿歌。印象里，总是那曲"门前大桥下，游过一群鸭……"

　　对了，我最近又有了很多奇奇怪怪的想法。

　　你说，做服务员的人想没想过以后换一个职业呢？

　　任何职业，都需要有人做，那我，以后会做什么呢，是被迫的，还是心甘情愿的？我也不清楚，我只知道，不管是做什么，总得有人去做啊，不然，这世界就乱了套。

　　和远方的人已经一周没见面了，很想他，可是很少提醒自己这一点，把时间安排得满满的，否则一空下来，就会想我们之间的事，就会问自己一些稀奇古怪的问题，比如"我们能不能走到最后呢？"

　　时间会给我答案。

　　最近人们都去看《大鱼海棠》了，有吐槽的，有褒奖的。有人说是在卖情怀，我还没有去看，所以不敢妄加评论，但是对于那些恶意的评论，我的想法依然是，你可以不喜欢，但是不要蔑视。卖情怀也好，抄袭也罢，起码人家还有情怀，起码人家能坚持12年。花30块钱看了场电影，就否定别人12年梦想的人，想必一定不是什么温柔大度的人吧。

不管怎么样，这首歌还是很好听，送给你，"大鱼在梦境的缝隙里游动"，有梦的时候，就要做，但是，梦想不是用想象实现的。

天气闷得很，睡个小午觉吧，祝你平安快乐。

7月3日：我们都是幸运的人

如果你发现自己被困在海的中央，我会游过世界，找到你。

也许，这就是朋友的定义吧。

前两天接到了在山东上学的发小的电话，没有任何寒暄的，我们直接聊起了各自生活中的琐碎小事，快挂电话时我说："我想你了。"

"我也是啊。"电话那头回道。

如今，我已习惯了离别，我知道，会有那么一天，那些跟我们一起喝一瓶水，睡一张床，互相穿彼此的衣服，互相化搞笑夸张的妆容，躺在一起八卦别的男孩子的那些姑娘，会跟你一样慢慢长大。她们身边会有新的面孔，甚至在某一天，她们就成了别人的新娘。

"要一起结婚呢！"好像和每个闺密都这样信誓旦旦地

保证过。

结婚，好像是一个不再遥远的话题了，毕竟，我的小表妹，明年马上就要穿上婚纱了。

什么？你在问我吗？我呀，我还早呢，世界这么大，我要一个人多看看，然后，我同命中注定的人相遇时，才可以骄傲地说，你不在的时候，我过得很好，现在你来了，我有把握过得更好，就是这样。

这两天，我吃了好多水果：西瓜、葡萄、山竹、荔枝、苹果……好像是在咀嚼夏天的味道，甜甜的，滑滑的，顺着喉咙淌下去，又变成额头上汗津津的小豆豆，抗议地冒出来，往下蔓延着。

这两天，我往医院跑了不少趟，不过你放心，我不是生病了。因为去实习的研究所，和它的附属医院在一起，难免两边都要跑一跑。那不是一般的医院，里面的病人，70%是白血病。

我们的老师带着我们逛遍了那些诊室、采血室、干细胞移植室、腰穿室等很多地方，印象最深的是在儿童诊室。以前我只在电视上见过那样的小孩子，他们大多数都要把头发剃光，路过腰穿室时，刚好一个小男孩儿做完腰穿，被爸爸抱出来，眼睛里还含着眼泪，可是仍旧忍着没有吭出声。几个穿着花裙子的小姑娘，路过我们这群实习生时，挨着墙怯怯地看着，好像，我们是很怪的人。

确实很压抑，我觉得在那里，自己笑一声都是罪过。

你以前觉得，疾病不外乎感冒发烧，打针吃药就好了，可是你看，真的有人，在承受着巨大的痛苦，仍旧努力地活着，努力地要健康起来。

所以，我们如果不去做好自己的事，真的是愧对于这份幸运了。

我还是没有奢求太多，只愿做好手边的事，就像一个好朋友常念叨的，"但行好事，莫问前程"。

每天都有一些事可以分享，就是成功。

比如，今天看了太宰治的《人间失格》，发现作者有的时候并不是距离我们那么的遥远，我们每个人都是自己人生剧本的作者，有的人把自己编排得太苦涩。我常常纳闷，为什么要那么和自己过不去呢？

对了，高考结束了，这个暑假你打算怎么过？去考驾照，去旅游，去做兼职，还是其他什么呢？只要你不是躺着虚度光阴，那都是好的，哪怕你每天，都照镜子微笑一下呢，都是好的。

我常常猜想，现在的你，愿不愿意见我。

我又很害怕，你见到我，会很失望，毕竟，你是一直想着，长大了，要做个厉害的人物，可我不是。

我还在努力，我不知道我的未来会是什么样，可我会尽量让你的未来，不那么失落。

对了，还有一件事，这两天我都是跟妈妈睡一张床，有的时候晚上翻身搂着她，会觉得她瘦了，莫名地心里一酸，时间啊，跑得太快了。

尽管如此，你也不要太急，还是要踏实地做好自己的事，听说南方又要下雨了，北方这两天却很热，偶尔有自然风，便觉得是恩赐了。

祝你开心，别太压抑了，把绿豆汤冻在冰格子里，拿出来含着，凉凉的，也是个不错的选择呢。

7月4日：相遇是件美好的事

　　"还有药糖卖吗？"有一天年迈的奶奶这样问我。

　　"现在哪里还有卖的，都没人做了。"我不在意地回她。

　　……

　　今天天气很热，晌午时分我打着遮阳伞，路过通往教学楼的那座小拱桥时，突然很渴望一场暴雨。

　　你呢，你现在，还有尽情淋一次雨的勇气吗？

　　我记忆中至少有的几次关于淋雨的经历，一次是在小学，一次是在初中，还有一次是在大学。

　　小学的时候，因为贪玩被大雨淋湿全身，回到家先是挨上一顿臭骂，转而又会被逼着喝下一大碗姜汤，如今每当下雨所有人都会惶恐不及地张开伞，红的、绿的，布制的、透明的，像一座座孤立的小岛，漂浮在无边浩瀚的海里。

　　初中的时候，因为害怕毕业后再也见不到同桌的闺密，两个人在中考前的那个雨天抱头痛哭，两座学校的距离，仿佛就是银河的两端。两端的我们，渴望永不分离。

　　大学的时候，因为想和喜欢的人打同一把伞，总是狡猾地把自己的伞收起来，偶然间摸到他另一侧淋湿的肩膀时，便急忙把伞往他那边推，有一次两个人都默契地从伞下跳出来，于是，就这样手拉手走了一路，转过头看到雨珠顺着他额头淌下的那一刻，真的很想一直一直，就这么走下去。

　　……

　　对了，说到药糖，你一定还记得的。

　　那个时候奶奶还能走得动，白天出去买菜时，总会带一小包药糖回来给你，薄荷的，橘子的，五颜六色，就是这样小小的尖角方块儿，陪了你那么多年。

　　每当谈起天津卫的美食，我总是会扬扬得意地给大学的朋友介绍一大串小吃的名字。

　　今天突然想起了这种五颜六色的小方块儿。之所以叫"药糖"，是因为老一辈的人没有如今这么多小零食，条件也不甚好，所以药糖应运而生。挑几味清热去火的药材，跟糖浆一起熬制，铺到平板上晾干成型，切成条状，再分解为一小块一小块的糖块，旧时候每到下午四五点钟，就会有大叔脖子上挂着装药糖的小玻璃柜子，挨胡同地吆喝着。孩子们拿了几毛钱跑出来，红的、绿的、黄的各挑几块儿，跟随着孩子的指尖，卖糖大叔会用镊子熟练地把不同颜色的糖夹出来，放到一个袋子里。

那便是我对糖最早的印象了，同时，也总觉得那装着糖，装有分隔玻璃的柜子，带着几分传奇色彩。

最近奶奶常说，觉得嘴里苦得很，问我楼下是不是又来了卖药糖的小贩儿。

老人家如今已经下不去楼了，耳朵也不好使，另外还不太识字，每次我路过房门，都会看到她坐在床上，看着窗户外的马路，那样子，落寞得很。

我常常很想走过去跟老人家聊几句，总是还没走近时，眼眶就湿了。

有一句话说，"爱任何一件事物的前提，是意识到会失去"。

有一天，那些以不同方式陪伴我们的人，也会以不同方式离开，看到这里，你千万不要难过。

就好像，时至今日，我已经四五年没有吃到过药糖了。可是，想起它时，那段记忆，那段时光，依然还是那么鲜活。因为我知道，有那么一大段时间，我曾拥有它，而至今回忆起来，我依然爱它。

对人，也是如此吧。

每个人本就是踽踽独行的，这期间，能拥有的任何相遇，都是幸运。

就像你，我亲爱的18岁，我将永远地爱你，因为你永远在那里，至今回忆起来，仍能使我热泪盈眶，悔不当初。

蝉声聒噪得很，是用尽生命在歌唱。

你的岁月依然漫长，也要心怀感激呀。

第三章　落叶的瞬间，我开始想你

月间碎语——千千万万遍

为你，千千万万遍。

这是我迄今为止印象最深的句子之一，刨除了来源，简单的字面意思反而更给人一种深深的温暖。

"一坐上车，我就不想到达终点站了，一直在路上，感觉也不错。"几年前送我上大学时，坐在身边的妈妈曾说过这么一句话，我还记得她当时的语气，轻轻的，软软的，就像南京春夏相接时吹起的微风，热热的，迎面扑来，让人格外舒心。

后来，每次我回家，上车没多久，总会收到家里的电话，"怎么还没到呢，怎么这么慢啊"。妈妈又会开始抱怨起时间来，就好像，我们两个的时间，走的速度是不一样的，而我这边的总是比她的要慢一些，慢到她那边的饭菜凉了，太阳落了，花开了又谢了，慢到积雪融化了又积起来，而我还没有到家，慢到我每次赶回去，就会发现，她的白发又多生了几根。

"还有没有药糖卖呀？"年迈的奶奶有一天这样问我，"最近，觉得嘴里苦得很。"

我小时候，爸爸总是出差，全国各地地跑，给我带来各种稀奇古怪的玩意儿。每次听说他快回家了，我都会缠着奶奶带我去胡同的岔口，走到小路的尽头，看着马路在视线里消失的小斑点，等上整个下午。每当这时总会有卖药糖的老爷爷，脖子上挎着带分层的玻璃箱，腰间别着长长的木头镊子，吆喝着一路走来。

那是我对于糖最早的概念，就是那些红红绿绿的，混杂着薄荷、姜汁等一系列草药味道的小方块，陪我度过了等待爸爸的一个又一个下午。我站累了，奶奶便背着我，"看谁回来了？"奶奶会颠一下肩膀，在马路尽头刚出现爸爸的身影时，便把睡着的我叫醒。然后，我嘴里含着药糖，顾不上嘴角的黏腻，穿着塑料凉鞋，拔腿便往马路那端跑去，奶奶就站在原地，看着我的背影笑着摇头。

前几天回家，偶尔路过奶奶的屋子，看到她坐在床铺上，看着窗外的马路，一动也不动。"是不是卖药糖的来了？你听听，去买点来。"看到我进了屋子，奶奶指着窗外，说了这么一句。不知道为什么，我的某些记忆一下子被激活，眼前也随之蒙上了一层水雾。小时候我总是拉着奶奶看我的教科书，老人家不识字，就一页一页地翻看上边的插图，"老鼠怎么是这样的呢？还要再丑一些"。她总爱给教科书挑毛病。

那时候我下午放学写作业，只听着身后的翻书声，便觉得格外安心。如今，奶奶总会在我忙着赶论文的时候喊我，我走过去问她什么事，她会说没事儿，或者是简单地问一句，"现在几点了？你爸爸是不是该回来了？"我一边会不太耐烦地告诉她快了快了，一边又会在她下一次喊我时再次跑过去通知一遍。再坐回书桌前，不知道因为什么，我突然很想再吃一次药糖。

"什么时候放假啊？""什么时候下班？""等放了假，我们出来聚一聚啊？""下个暑假，一定要出来聚一聚呢。"这些话，我不知道已经跟小雨反复说过几次了。

认识九年，分开六年，如今流浪在不同的城市，平时偶尔发发消息，聊得还是初中时那些老掉牙的故事。小雨跟我说："你知道吗，从小学一年级开始，每次大课间升旗，我都会偷偷看你，就觉得你有意思，没想到一下看成了初中同学，你说，这是不是缘分？"

怎么不知道呢，我也总是偷偷看你啊。初中三年最是叛逆，同时也是最看重友谊的阶段，男生们总会在放学后把新来的转班生带到车棚里教育一番，美其名曰给他点颜色看看，可不久后，大家便是同甘共苦的亲兄弟了，一直以来，我都不太理解这种奇妙的关系转变。

我和小雨是最普通不过的两个小女孩儿，那些个午后数学课浪费掉的时间，我们都在为自己的组合写歌，没有学过谱曲，我们就自己哼调调，也算有几首成名作，内容大多矫情又忸怩。可我们就是喜欢做这些，把耳机藏到肥大的校服袖子里，假装托着头冥思苦想着牛顿第一定律，脑袋里却因为某句中意的歌词，像汽水开盖般"咕噜咕噜"地冒着泡泡。那时候我们都爱吃醋，都觉得自己与众不同，都百折不挠，也都在面对挫折时格外脆弱。

"你还记得吗？有一次你和喜欢的男生传纸条，没接我的话，那天下午我气死了。"小雨前不久发消息过来。"当然记得了，我骑着自行车追了你好几条街，你才原谅我。"打完这句话，我看着屏幕，看着聊天背景上我们略微成熟了些的模样，不禁笑了出来。然后翻箱倒柜的，找出了我们的毕业照。

小雨和我站在一起，笑得天真又纯粹，那天的阳光很好，班主任在我前一排，当时心动过的男生站在我后一排的正后方，当时因为这件事，也曾经默默地高兴了很久。看完照片，又看了看手机屏幕里的我们，真好，有些人还在，哪怕我们很久都没再骑单车一起上下学讨论梦想，哪怕我不在她身边。

"你怎么就是记不住呢？我不是说了要带伞吗！你看雨这么大，淋湿了怎么办。"远方的人，总会在雨天时这样批评我，因为我不喜欢带雨伞。

"因为我想跟你打一把伞。"我总是爱顶撞，甚至有几次带了雨伞，依旧固执地要收起来，然后钻到他的伞下。直到有一次偶然摸到他淋湿的肩膀，"我自己打伞吧"。我往自己的包里找伞，却被拉住了，"我也喜欢跟你打一把伞，别找了"。吃饭的时候被人嘲笑握筷子的姿势不正确，我回到学校便开始每次都用正确的姿势吃饭，一开始夹不起来，饭菜总是在送到嘴里之前跌落，便惩罚自己下顿饭继续练习。"你不必非要改的，以前的姿势也能吃到饭，吃饱才最重要。"朋友这样劝过我，"你有没有，为了一个人，去尝试改掉一个十几年的习惯？只因为想变得跟他一般好。"直到今天，我还能熟练地使用正确又好看的握姿，准确地夹起任何菜肴，放到关心的人的碗里，每当这个时候，我都会意识到，没有什么是永远不会改变的，只要你的心允许它做出改变。

后来，我和远方的人隔着十分遥远的距离，不管晴天还是雨天，我都会带着一把雨伞，在每一次撑开伞时，都会想到那句"我想跟你用一把伞啊"。然后握紧伞柄，意识到要好好地照顾自己。后来，每次吃饭的时候，我都会看着自己握筷子的手，想起20岁时改掉坏习惯的经历，然后尽心尽力地让自己吃得更健康。后来，每当晚上看到一轮明月，都会习惯性地望着它，天涯共此时，真的是一种非常缠绵悱恻的感觉。

记得以前看过的某一集电视剧，一对情侣去看画展，画家曾经画一扇门画了不下千百遍。男生很不解，觉得一扇门根本没必要画那么多次，只需要一次就好了。

女生的回答给我极其深刻的印象，"如果这样的话，那么我们只拥抱一次就好了吗？只亲吻一次就好了吗？只看一次日落就好了吗？每次都不一样的"。

这世界上，总有人重复地做着一些事情，不下千万遍，仍旧还在做着。我最喜欢观察车站和地铁上的行人们，这千千万万的面孔后面，有着千千万万个相似又不同的故事。

所以啊，为了表达对于女儿的惦念，母亲可以打千千万万通内容相似的电话，为了宠爱一个对于自己极其重要的人，有的人可以千千万万次微笑着接受你的背影，为了能遵守一段少年时期的诺言，我们可以千千万万遍重复回忆那些共同的经历，为了一个心爱的人，可以改变多年来根深蒂固的习惯，可以踏过千千万万里，只为了奔赴一个拥抱。

有些事情，为你，愿意经历千千万万遍。

8月1日：把日子过成诗

我喜欢你，如长风跨越千万里，不问归期。

我喜欢你，如泪水沉入海底，悄然无息。

我喜欢你，如梦境萦绕思绪，铁马是你，冰河也是你。

这是我今天在微博看到的一个接龙话题，关于"我喜欢你"。好像每个人，都有属于自己的一段故事，仔细研读起来，这些故事好像也都有些相似的模样。

一旦遇到感情，好像每个人都会变成诗人似的。

嘿，你好吗。我这里已经快12：00了，大概我写完这封信，就是8月1日了，又是一个新的开始，你有没有把今天的作业拖沓到明天呢，如果有，那真的要改一改了。

整整一个7月仿佛一个梦，满满当当又浑浑噩噩，我每天都有事情忙，可一停下来就总是断了片儿，不知道自己要做什么，不知道自己想要什么，不知道自己，正在做什么。

　　如果略微放纵一下，把课本扔到一旁不去理会，打开电视剧或网页，又总是心里不踏实，慌慌的很不舒服。所以你看，我是不是已经过了肆意妄为的年纪了？竟然也有了所谓的罪恶感。

　　我还记得你小时候下午一放学，就迫不及待地打开电视机，一边担心妈妈回来批评你不写作业，一边胆战心惊又略感幸福地看着动画片，耳朵警惕地听着屋外的一切动静，只要有任何一点不对劲，你就会立马关上电视机然后手忙脚乱地把罩子罩好，再快速跑进里屋，假装认真写字的样子。那时候，你好像还没有我现在这种负罪感呢，你还小啊，除了关心动画剧情，你就算其他什么也不会，都没有关系呢。

　　说到写作业，我突然记起一个画面，即使到现在我还可以清晰地回想起那一天。

　　那是一个周二的下午，你放学略早一些，自己慢慢悠悠地走回家。一打开门，就看到了等在门口鞋架上的小猫。

　　它一路追着你进了屋里，你告诉它要乖，你还有作业要做，然后就掏出本子开始写。小猫先是在一边好奇地看着你，然后便跳上桌子，在你的作业本上踩呀踩，尾巴挑逗地扫着你的下巴，你揉揉它的小脑袋，告诉它别闹。

不知道过了多久，看你写字的小猫累了，就把一只小爪子搭在你的手腕上，小脑袋枕着你的手背睡着了，你看着它，不敢再大幅度动笔，并在那一天，感觉到了一种被信任的幸福。

这种幸福感一直持续到现在，可我却不再养猫了，那只小白猫在年迈时突然有一天不见了。妈妈说，它是不想让家人见到自己死去的样子所以躲了起来，还有人说它是出了什么意外，我更愿意相信前者。并总是想起第一天把它抱回家时，它奶声奶气地"喵喵"叫着找我要吃的。

被任何生命需要，信任，都是一种幸福吧，也许，等我真正有能力更好地照顾这些付出一生来陪我一程的小家伙们时，我才会愿意再担负起这样的一份责任。

如今，养活自己都有问题呢。

这也是症结所在，有的人会觉得女孩子不必有太多学识，嫁得好才是道理，有的人觉得30岁之前不结婚不生小孩就是失败的人生，可是，为什么女生就不可以有更精彩的生活呢？因为是女生，我就要放弃那么多本该去经历体验的事吗？因为是女生，我就一定要成为别人眼里中规中矩的女生吗？

如果是那样，我宁可不要做女生了。

所以，你还是要听我的话，不可以放弃喜欢的人、喜欢的事，最重要的，是不可以放弃自己。

尽管我知道你会经历几段失败的感情，爱错几个人，做错什么事，受过什么委屈，吃过多少苦，掉了多少次眼泪。

可我不会提前告诉你让你绕开这些，你跟我多像啊，我知道，就算给你一万次机会回头，你也还是会变成今天的我，这点毋庸置疑。

所以，每当我觉得负能量爆棚的时候，总是丢给自己一句"走成今天这样，都是自己选的"。

什么？负能量吗？你是不是觉得我是个不该有负能量的人呢，是因为我总把一切都说得那么美好？因为我写童话，编故事，歌颂生活？

并不是的，能量守恒定律，你应该学过了，一个人对外表现出多大的正能量，一定也会独自吞噬多大的负能量，只不过，有的人消化得好，有的人差一些。

所以，一个月之中，我也总有那么一些时间，是否定自己的。

可是昨天听哲学老师讲到否定之否定时，说否定是积极的，因为有了否定，才会进取，才会改变，才会有新的突破。

117

　　看来否定自己，也是需要勇气的，毕竟大多数人都是那么爱自己。

　　天又热了些，楼下的凉面馆生意格外火爆，都是些提前返校的学生。明天远方的人要去办理一些签证的事宜，距离分别，又近了一天。有的时候，我觉得你比我轻松不少，起码，你没有这么一个人牵挂着系在心头，可是，我又舍不得他被系在别人心头。

　　想念与等待，到底哪个更持久一些，我不太清楚这些，却只想等到那个心里想念的人。

　　8月我会更忙一些，信的数目可能会减少，但有空的话我一定会再写信给你。

8月2日：该死的异国恋

今天是立秋。

明天开始，就可以算作秋天了。

后天是七夕。

不知道又有多少女孩子被收到的满捧玫瑰映得玉面娇羞。

昨天，我和远方的人道了别。

准备接受这段该死的异国恋。

昨天在车站，距离检票还有20分钟。我说，我等最后一分钟再赶进去也是来得及的，远方的人一直说，进去吧，一会别赶不上车。

我不要进去，我说这句话时已经带了哭腔，别让我这么早进去，然后我又抱了他一下，瞬间泪水决堤。

你不会笑话我的吧，毕竟，我最怕离别了。

　　送我们去车站的出租车上一直在放着煽情的歌，有的时候一些事情就是这么凑巧，你越不想掉眼泪，越是有千个万个小细节，冷不防地扎一下我们的眼睛，再刺一下我们的心。

　　一路我都在憋着眼泪，时不时地使劲眨眨眼，远方的人给了我一只手，时不时使劲攥攥我的手心，然后贴到我耳边小声说一句"没事儿"。

　　离别到底是好事还是坏事呢，你能告诉我吗？

　　我常常想，如果没有离别，也许，我们也不会发现自己已经那么舍不得了，也不会心痛地意识到，呀，我刚才为什么还要跟他要小性子呢，为什么不多珍惜在一起的时光。

　　可是，即便下一次再见面，我们可能依旧还是会要小脾气惹彼此生气，然后又在分开时追悔莫及。

　　这般反反复复，才是喜欢吧。

　　尽管如此，我们还是要用余光多去观察这个世界上的小温暖。我一个人搬着大大的箱子上车后，发现自己的座位旁，是两个外国人。

　　你为什么不把箱子放上去？一个外国人温柔地笑着用英语问我。

　　啊，我不能，它太沉了。我的心情依旧很低落。

是啊，你太小了，我帮你搬上去吧。说着，他已经站起来帮我放好了行李。

临下车时，他们还体贴地问我需不需要把行李帮我拿下来，得到回复后才放心地下车走掉。

你看，就是因为这样的小温暖，我湿答答的心情一下子烘干了不少，晚上回到家吃饭时，妈妈站在我身边观察我，说我又胖了又黑了。

爸爸在一边喝着啤酒，笑着说，看你妈，都要瞅到你脸上去了。

柔和的灯光下，我的心又暖了几度。

晚上又翻看了远方的人发来的消息，温暖之余又多了几分坚定，也许，分开是为了更好的相遇，如果结果都是一样的，那么，就让我们各自都过得精彩一些，然后彼此带着满腹的故事，奔赴共同的终点。

8月3日：忍住一分甜

你有没有尝试过，忍住一分甜。

这还是我上初中时看到的一个满分作文里的例子，大致意思是老师将五彩缤纷的糖果放到讲台上，告诉屋子里的十几个孩子不许偷吃，然后便走出了教室。一开始所有的孩子都安静地坐在椅子上，时间一点一滴地悄然而过，终于，有的孩子忍不住，开始跑到讲台前偷吃糖果。

最后的跟踪调查，是10年后，那些没有吃糖果，忍住这分甜的孩子，都成为了有所作为的成功人士。

面对诱惑，能忍住一分甜，真的需要极其强大的自制力。

渡边淳一的《失乐园》里提到过一句"面对感情，人之所以有所谓的坚贞，还是因为诱惑力不够强大"。

也许，这才是最真实的解说吧，也许那几个忍住甜的孩子刚好不爱吃糖，也许把糖果换成四驱车，或者其他一些东西，结果又会不同了。

所以你看，每个人的选择和底线都不同，每个人，都有自己的软肋。

这一周我经历了一些不适，说起来都是小病，可还是在倒在床上时感到了这世界深深的恶意。杨绛先生说过："我即是世界。"我也那么认为，所以我一不舒服，便觉得这世上的一切都不美好了，可转而在痊愈时，觉得窗台边上落脚的小燕子也变得格外小巧可爱了。

一定要好好爱自己啊，不然爱你的人也会难过的。

这一周，我还做了一个十分难过的决定，放弃了一个无比渴望参加的活动。大概是一周更新8000字，坚持两个月，胜者有望出版自己的书籍。

你知道我多想拥有一本自己的书，你都知道，你和我一样渴望着被更多人接纳，是不是因为内心里，孤独得可怕?

然而我放弃了，嗯，我给编辑发消息时，反反复复删改了好几遍，最后还是咬着牙发了过去，就好像习武之人把到手的秘籍又送回了原地，心疼，真心疼。

你问我原因吗? 为什么放弃? 因为，我还是觉得自己没资格，时至今日，拥有了2000多粉丝，我依然觉得自己不名一文。越是往高处攀爬，越觉得周围群山之伟岸，越是自惭形秽。

如果是为了凑够8000字而去写，我相信自己是写不出什么好东西来的，那对于看我写字的人，真的是太愧疚了，我不能敷衍大家，也不愿意敷衍自己，我还会写字，不是为了写而写，而是为了继续记录生活，升温生活。

这些日子，总是有灵感往脑子里钻，构思了两个长篇，还有几个童话，暂时都存在草稿箱里，等酝酿好了，就和大家见面，坚持这些，不是为了什么，只是因为有几个人说，喜欢我的故事和童话。

昨天滚滚电台也发布了我的某一篇文章，主播桃花和轩zone深情的演绎又燃起了我的热情，几个听众评论我，"谢谢你的文，给我们温暖"。

我更想说一句，谢谢你们，愿意接受这些温暖的人们，谢谢你们。

转眼暑假已经接近尾声，我正坐在沙发上，看着中国对巴西女排比赛录像，此刻是2：2平，虽然我已经知道了结果，可仍旧手心里捏了把汗。

这次的奥运会，每每看到那抹中国红，总会热血澎湃，有几次差点落下泪来。我就是太容易被触动了，我时常提醒自己，可是，容易被触动，好像也并不是什么坏事，这样，我能看到感受到更多的美好。

时间如白驹过隙般流逝，2008年的奥运会，妈妈因为手术住在医院，我还记得我把奥运会开幕式下载下来，带到医院去给她看；也依稀记得，那年的快乐女声，是谁夺冠。

这几天妈妈总是变着法儿地做好吃的给我，总不忘在我吃得忘乎所以时，提一句，"这可是妈妈味道的红烧肉""这可是妈妈牌蒸鱼"。不知怎么的，我总想到母亲牌牛肉棒，不过，还是很幸福。

蝉声已尽，我们仍旧要认真生活。

8月4日：很想做个合格的人

这几天吹的风开始有了寒意。

下个月的9号，远方的人就要出发了。而我们过去一年多所发生的故事，我却还没有写完。

《冰糖与花》是个无心之举，后来被编辑推到首页，得到了许多祝福，才有了一直坚持下去的动力，时至今日，已经更新了23次，那些每期必看的人，谢谢你们。

写完这一年的故事，《冰糖与花》便会完结，但是这世上永远有人正在爱着，那些正爱着的人，同样祝福你们。

如今，我站在8月的尾巴上眺望着新学期的曙光，今天开始，我就是一名大四学生了，而你，还是那个18岁的小姑娘。

这一刻，我是如此怀念你的校服和马尾辫。

　　我很希望能跟你一起喝一次酒，就像电影里那样，深夜坐在路灯下的马路牙子上，把易拉罐的拉环放进喝空的罐子里，我们听着清脆的声响，痛快地大醉一场。

　　然后第二天，不动声色地继续生活。

　　你过得好吗，有没有烦恼，有没有退步，有没有又因为那个坏男孩儿流眼泪，有没有很想逃到很远很远的地方，远到地图上都找不到。

　　我常常想，我是正在变老了，因为我开始想家，开始觉得父母有些可怜，开始因为一些敏感的字眼而暗自伤心，可是，我又觉得我不该变老。

　　如果我承认自己正在变老，那我就输了。

　　我想成为你的骄傲，能够光明正大地显摆的那种，能够大声说出来的那种，而显然，我现在还不是。

　　今天和朋友一起搬了一张双人桌到教学楼五楼的教室，前几天考研教室的紧张态势真的让人不寒而栗，而我现在的位置，是某一间教室的讲台上。

　　你别吃惊，这很正常，几乎每个教室都是这样。以前你的一些同学，因为调皮被老师安排在讲台上听课时，你还会在心里想着坐在那里会是怎样的感觉。

　　如今我可以告诉你这种感觉了，所有人都只能看着你的背影，怎么样，够炫酷吧，累了我就站起来背对着教室下面的人，没准，也能成为一个背影杀手。

　　未来4个月给你的信可能篇幅和次数会减少，希望你能谅解，因为我的生活状态决定了未来这一小段时间的新奇事会变少，而你，又是最爱听那些的。

　　对了，明天是远方的人生日了，我今天把交换日记和生日礼物给他寄了过去，临出门还抓了块儿月饼，在包装上写了"中秋快乐，团圆"，这几个字。我知道，他不能在中国度过下个月的中秋节了，所以提前给予他一份团圆。

　　日记不知不觉地写了将近一年，每当我翻看的时候，都感叹时光的伟大，就像我们实验室里做的萃取和蒸馏，溶液流走了，剩下一些本质的东西。而时光流走了，像退了潮的海岸，留下了珍珠和海贝，每一段往事，都像风干的鱼骨。当初痛得宛若割心的经历，还有那些有血有肉的曾经，都随着岁月悄悄被腐蚀，不再争得面红耳赤，不再恼得怒发冲冠，不再喜得潸然泪下，不再悲得生无可恋，我们都是英雄，击败了每一个曾经临近崩溃和站在绝望边缘的自己。

　　可我的英雄梦想不是成为一个多么成功的人，我只想做一个合格的人，比如做一个合格的女儿，合格的女友，合格的闺密，未来再成为一个合格的妻子，合格的母亲。

　　能做到全部合格，真的是比你的模拟考试还要难，但是我知道你都会通过，也请你相信我，会努力合格。

总有一次深醉使人长大

　　雨下大了，理应你是在屋里，但我怕你被其他东西淋湿，岁月之类，人群之类。

——叶青《大雨》

　　雨下大了，肆无忌惮地敲打着窗玻璃，我看了下表，是清晨的5：10。

　　躺在我身边的苏小鱼好像早就醒了，看着天花板轻轻地说她做了个湿漉漉的梦，然后停顿了一下，仿佛是怕我没睡醒，我半眯着眼，用晨起哑着的嗓子，慵慵懒懒地"嗯"了一声，示意她说下去。

　　"梦里也在下雨。"她的声音又轻了些，好似在说梦话，"我光着脚走在马路上，他甩开我的手，然后就不见了，周围有很多汽车，他就这样消失了。"

　　苏小鱼说完又用手揉了揉头，接着恍然想起什么似的，

130

往自己的枕头底下摸索手机，解锁屏幕之后，盯着愣了足足有一分钟，然后像瘪了的气球极缓慢地吐出最后一口气那般，缓缓地吐出几个字，"还以为他出了意外"。

我是昨天晚上在家门口"捡"到苏小鱼的，从来没沾过一滴酒的她，这次也是彻彻底底地醉了一回。从她手里扣出手机时不小心看到了那个人同她的最后几条短信，男方说分手，苏小鱼回，祝你幸福。今天早上解锁后屏幕依然停在昨天的那几条短信上，显然，面对白底黑字的这种现实存在，苏小鱼的宿醉显得更加苍白无力。

中午出门带了粥回来，苏小鱼盯着我的伞，苦笑了下，"他给我也买了一把这样的雨伞，我故意每次下雨都不带，就是为了和他挤一把雨伞"。

晚上我坐在沙发上打围巾，苏小鱼捧着我的毛线，有气无力地说："我也给他打过围巾，可是我打的不好看。"

要睡觉时，她盯着手机，屏幕依旧停在昨天的残酷对话里。"不知道睡了没有。"苏小鱼又要掉眼泪，抽了下鼻子，忍住了。

后来她回了自己的家，临走的时候，跟我说她要慢慢忘掉那个人。

这些年，我见过许多人醉酒，有的人鼓起勇气给心里的人打电话，有的人疯了般地哭哭笑笑，有的人悲伤成一座失语的雕像，有的人醉倒睡去，不省人事，有的人越来越清醒，一边喝酒一边默默流泪。

这些想要把自己灌醉的人，基本上都是为了忘记一些事情，或者一些人。似乎忘记那些，只有连同把自己也忘了，才能实现。清晨醒来时记得，晚上睡前时又温习，吃饭时重复，看电影时强调，甚至别人手里类似的物件，嘴里相似的话语也能勾起某些回忆。到最后，窗外的小雨，晚间的明月，初秋的冷风，转个弯拐两道儿，到头来还是能使人想起那些埋在记忆尘埃里的心酸事。

记得看《大鱼海棠》时，湫去到鹿神的酒馆里，寻求一种忘记悲伤的解药。

鹿神回答："有一种药，能让人忘掉世间所有的痛苦和美好，世人叫它'孟婆汤'。"

结果湫说："还是给我来壶酒吧！"

说到底，还是舍不得忘啊，那被酒水反复冲洗的角落，只会在清醒后更加刺眼。

不知道多少酒，才能彻底稀释心头的那一瓢。

记得初中时有一次听讲座，说人生总有一个阶段落魄低迷，只要能走出来，便又是新的自己。

　　我的同学豆子问过我，"是这样吗，都会好起来吗？"

　　那个时候她总是被班里人欺负，因为她没有妈妈，爸爸也不在身边，只能寄人篱下地生活在姑姑家里。有一次她买了两听啤酒，放学前又来问我，"心情不好的话，这个，真的管用吗？"

　　豆子当时的表情仿佛是找到了一剂良方，我不知道她当晚有没有好好地醉过一场。后来听班主任说她经常趁家里没人时才敢放声哭一次，哭自己的命运，哭同学们对她的排挤，哭不曾谋面的母亲，哭这个悲惨的世界。

　　酒醒过后，时针秒针还是在不紧不慢地走着，生活也还是要继续，豆子是从哪一天开始变得不同的，我不太记得清了。只觉得她变了，面对排挤，她学会了保持脸上的微笑，面对生活，好像也有了更好的良方，如今看她的朋友圈，俨然是一个闪闪散发正能量的快乐女孩儿，活得认真，也活得用力，当种子真正想摆脱泥潭见见阳光的时候，一切都开始变得不同了。

　　看着豆子时不时晒出的自拍，真的很难把这张明媚的笑脸和那两听啤酒联系起来。也许真正深深地沉沦过，被污泥呛到过，大醉痛哭过，才会意识到要更加用力地往上攀爬。

　　奥斯卡·王尔德说，我们都生活在阴沟里，但仍有人仰望星空。这让我想起了那部叫作《成长教育》的电影。珍妮本该按部就班地学习、考试、申请牛津大学，成为父母的骄傲，但所有的一切都在那个下雨天被那个叫作大卫的男人改变了。他举止绅士，谈吐幽默，有才华，又不死板。他带她去听古典音乐会，吃浪漫晚餐，带她去梦寐以求的巴黎度过周末，揽着她的腰在空旷的马路上起舞。

于是珍妮的思想被改变了，她开始觉得读书是既辛苦又枯燥的蠢事，开始思考为什么一定要去牛津，为什么不尽情地享受生活，纵情欢乐，于是她退了学，满心想着和大卫结婚，过上从此只有彼此的生活。身边的男人，宛如一瓶烈性的酒，珍妮醉了，深深地醉在他宠溺的眼神里。以至于当发现这个男人是个骗子时，还要劝自己为他找个合理的解释。

酒醒之后，珍妮说自己老了。

可也正是这一次深醉，让她在清醒时突然意识到去牛津的意义，读书的意义，变成更好的自己的意义，故事的最后，她复读一年如愿考上了心仪的大学，之后也谈了一个真正的男朋友，像从未受过伤那般，用全新的自己再次热烈地拥抱生活与爱情。

我们都生活在阴沟里，偶然会有乌云遮蔽我们仰望的星空，有些人丧失了兴致，有些人会在荫翳过后仍旧努力地昂起头。

　　我相信每个人都会有渴望一醉不醒的时候，但每个人依然都会醒过来，我也相信，每一次彻彻底底的深醉，都能使人长大一分。

　　雨下大了，如果你在屋外，我希望你自己有伞。

9月1日：不要在迷茫的时候无所事事

不要在迷茫的时候，无所事事。

这是最近几天得到的最贴切的实际结论。

你好吗，天气好吗，有没有想我，有没有为未来的4个月制定一个可以完成的小目标呢？如果有，那你一定要坚持啊。

我最近，更加体会到了"可怜天下父母心"这句话，据说这句话还是慈禧说的。这两天新生报到，学校里到处是拎着行李陪着孩子忙东忙西跑各种流程的父母。昨天在食堂吃饭，旁边坐着一家三口，爸爸看着对面的女儿，沉默半晌说了句"你要多锻炼啊，吃这么少可不行"。

突然想到了自己的爸爸，从来不说有多爱我、有多记惦我，却会在我打电话回家时把我一天三顿饭吃了什么都详细问了去，然后又会说怎么不多吃肉之类嗔怪的话。记得每当

　　假期在家，他总会下班后带一瓶酸奶给我，然后顾不上做饭就会走到屋子里对我说："买了酸奶，放冰箱里了，可别忘了喝啊。"

　　天下的父母都一样，写到这里，突然觉得喉咙酸酸的，有点发紧了。

　　朋友说昨天坐地铁出去时，看到一位妈妈也从学校这站上车，要去火车站坐车回家，一路都在偷偷抹眼泪。

　　不知道当年我妈妈有没有在返程的车上红了眼圈，想到就觉得心疼。

　　这几天，有个来自高中母校的学妹联系我，说是也考上了这里，问了我很多事情，对大学充满了期待和远景。我能说什么呢，只是让她多做些喜欢的事，也不要把学习糟蹋得面目狰狞。

　　我自己，如今也是在一个挣扎的边缘，新建了一个《异国恋日记》的片刊，希望可以在远方的人出国求学时，多记录一些生活的美好，也希望，可以见证自己的成长历程。

　　很多想法在脑袋里拧成一团，想写故事，想看书，想去旅游，想学新语言，想弹琵琶，想去画室画画，想家。

　　我能做的，却只是蜗居在教学楼五楼的一个教室角落里，7：00出门，11：00点回宿舍，过着如此平凡枯燥的生活。

面对的诱惑太多，几个实习的同学跟我提及工作生活的悠闲，不错的薪水待遇，以及未来的升职空间。我听着，有的时候心动了，就自己站到楼道里发会呆，我想要什么呢，我连这个都不知道。

可是越是这样的时候，应该越要踏实一些吧，什么也没有，就更不应该怕失去。努力试一试，也许还会有意外之喜。这样想着，宽慰一下自己。

我许了一个小小的愿望，就是在我毕业时，为你拍一套照片。我希望我们同时入镜，我想告诉你，这4年发生的故事，也想让你看一看，未来的自己变成了哪般模样，如果你不喜欢那时的我，可不要表现得太明显啊，不然我会伤心的。

好了，时间到了，我要去教室完成下一项任务了，希望你开心，过得像秋天的桂花一样甜甜的，然后带着希望等第一场雪亲吻你的睫毛。

提前道一句晚安，晚安，亲爱的你。

9月2日：也一个人看书写信对话谈心

　　我窝在床上写这封信给你，南京有些阴天了，我被新生军训的嘈杂声吵醒，却不想起床。

　　醒过来时，立马打开了微信，眼睛半眯着，看到远方的人在凌晨3：00发来的晚安，突然鼻子一酸。

　　我还是不够坚强，7个小时的时差，让我有些不知所措。

　　你是不是从没想过经历一段跨国恋，是啊，你怎么可能想过呢，你正忙着幻想未来他的样子，幻想着甜蜜的每一个场景，幻想着他出现之后，便再也不离开。

　　好羡慕你，羡慕你，现在正是最无忧无虑的年纪。

　　而我，再一次冒险染指感情，被荼毒得不轻。

　　9号那天，和平时不太熟络的朋友因为一些小事一起出去吃了顿饭，我很后悔，快毕业了，却没有好好去了解过身边的其他女生。

　　她是一个非常文静恬淡的姑娘，说话柔柔慢慢的，笑起来像一碟美好的小点心，她跟我说："糖糖，我好羡慕你。"

　　"好羡慕你，因为你的他愿意每周那么远来陪你上课。而我这边，一直是我在努力，3年的时间，我一朵花都没有收到过，生日也总是被遗忘，有一次他要分手，我买了票立马就去找他，在车站又出状况不得不改签，有时候我常常想，凭什么啊，凭什么我要这么委屈，可是，我却依然无法抽身，明知道不合适，还是再劝自己坚持。"

　　她说到"一朵花也没有"时，眼睛里湿漉漉的，我很想拍拍她的背，手却始终没有抬起来。

　　原来，在烦恼世人这一点上，爱情总是一视同仁的。

　　吃过饭打车去地铁站，出租车上放着歌，"也一个人看书写信对话谈心"，我看向窗外，还是那座桥，我曾经挂在他胳膊上甜甜腻腻地撒着娇，于是他轻轻低下头，吻了吻我的睫毛。

　　我坐在副驾驶，看着眼前的桥，像画面回放，我却又开始红了眼眶。使劲往回憋，被师傅察觉到该丢人了。

　　我找了小辣花谈心，辣花说，羡慕你们感情这么好。

　　我其实也羡慕其他人，喜欢的人，想见，就能见到。

　　昨天和三四个好闺密聊天，到最后互加了各自男友的微信，还讨论着以后建一个小组，一起出行旅游。

终于到了谈恋爱可以昭告天下的年纪，却发现现实也跟着我一起在长大，我变强了，它好像更强了。

可是，我冷静下来时，又开始给自己找事情做了，昨天我们的交换日记到了，远方的人出发前邮过来的，我把那本日记抱在怀里，总觉得有他的温度，翻开看了看，不知不觉就把这一年的事情又在脑子里上演了一遍。

终于发现，坚持虽然看不到摸不着，可是给你的结果总是惊艳，我在日记的每一页画上插画，留下自己的痕迹，也许，这也是一种幸福。

终于不再困顿在担心他离开的那段日子，我发现，有那么多事情，你怕它发生，你哭，你闹，你整日忧虑万千。可是，该发生的还是会发生，发生得波澜不惊，从容有序。以前听人说活着就是不断被生活挤压，又无法反抗，越长大，越有些懂了。

可是，我不能让你担心我，所以，我会尽快恢复常态，我开了一个《异国恋日记》的片刊，和微博同步更新，因为我们曾经说好，要拍各自的生活，然后拼到一起留作纪念。我还是在不紧不慢地写故事，偶尔有电台要录，我便第一个去听，然后转发留言，我还是会回复每一个读者的评论，你是不是要嘲笑我粉丝少了啊，可是，就算再少，哪怕只有几个人，我也会继续写下去。

最后，要特别感谢流云编辑，昨天把我的童话推到首页。

桂花开了，甜甜的，香香的，你那里没有桂花，我便替你，好好地爱它们。

早安，亲爱的你。

晚安，远方的他。

9月3日：桂花开了，要努力生活

嘿，你好吗？

对不起，我最近状态很糟糕，很想跟你说一说。舍友出去带人游览南京了，刚刚发消息过来说，一会儿陪我走走。

前天才知道，一直准备的考试专业，今年对全国只招收一人。其实，我也不是很喜欢那个专业，刚得知消息时，甚至有了一丝轻松下来的快感。

电流般流淌过每一根脑神经的快感转瞬即逝，突然醒悟，如果没成功，那我还能做什么呢？

我想转修文学，于是神经兮兮地跑回宿舍打开电脑搜起来，人大、南开、天大，所有能想到的有文学院的大学通通搜了个遍，看到参考书目时，登时傻了眼，我一本都没学过啊！而且，只有3个月了，再加上跨专业的出身，成功率基本为零。

　　我想出国，去看看其他大陆，意大利、法国、英国、比利时、新西兰，于是我又咨询了留学机构。老师说，你的成绩还是不错的，然后开始跟我讨论每年的花销金额，我匆匆地又关掉了网页。盲目地出逃，无疑是一种挥霍，况且，挥霍的不是我的血汗钱。

　　于是我又回到了现实。

　　洗了个头便一个人出去跑步，之后给家里打了电话。我说，妈，下个月我生日了。我妈说，是不是有什么企图。我说，妈，告诉你一个坏消息。

　　她没有像我小时候贪玩时那样斥责我，而是把电话给了爸爸，爸爸说，我们永远支持你，结果不如意，就回家来。

　　一下子语塞，然后如鲠在喉，匆匆挂了电话一个人蹲在路边哭了很久。还好，夜很黑，周围没有人，我一边抽泣，还一边脑补着安慰自己，着实搞笑。

　　你知道吗？我一直没有安全感。

　　你肯定知道的，因为你跟我一样。初二那年妈妈做心脏手术的时候，你一个人躲在姑父的车里，就那么安安静静地坐着。中间遇到手术加时，你一个人甚至想好了今后如何面对生活，鬼使神差的，你还发短信问当时喜欢你的男生，你问他，会陪你吗，他说，他要去打球了，等下再聊。

我心疼你，却不敢奢求有人来心疼现在的自己。没有安全感，是很可怕的一件事，所以一直以来我都格外敏感，昨天远方的人从英国打电话过来，偶尔提及"你来和我一起读书吧，来看看欧洲"。我便会想，是不是，他觉得我没有见识，于是生发出一股隐隐的自卑。

有的时候我会自卑，和你一样，可是我越来越爱造势了，因为得不到，所以才说不想要，总是焦躁，又爱纠结。

朋友说，是我想太多了。

今天和学姐帮的创始人说好，毕业后，就去成都拍一段视频，是我想专门送给你的视频，很多年不见了，我很想你。

不过，最近依然还是有很多可以记下的好事发生，比如我的童话又上了首页，片刊也被推荐了，还有认识了小北的两个闺密，更让我坚定了写东西来温柔世界的信念，听说家里换了电视机，妈妈总是对着遥控器的话筒喊话命令它播放节目，还有，今天看到了流云编辑的一篇心得，觉得每个人都有走到阴暗处的时候，也都有自己的对策。

　　如今，我也写过很多故事了，有时候翻出来看，觉得每篇文章都是自己的孩子，我给了它们不同的经历，遗憾或圆满，都值得被珍惜，我还会坚持，并热爱。

　　晚上买鸡排的时候，遇到了一个外国人。

　　"How are you."

　　"fine."

　　"你大一吗？"

　　"大四了。"

　　"我也大四了。"

　　"你的中文说得真好。"

　　"是的，你买了什么？"

　　"鸡排。"

　　"那我要买杧果果汁……我走啦，再见。"

　　"再见。"

　　陌生人的笑永远温暖，正因为此，我对卖鸡排的姐姐又多说了一声谢谢。

　　回自习教室的路上，闻到了桂花香，我是到南京之后才认识桂花的，之后更是爱上了南京大排档的桂花山药，很想做给妈妈尝尝，因为她总说，南京是个好城市，9月桂花香得很，闻着就甜甜的。

这个偶遇桂花放香的夜晚，我发誓还要继续做一个甜甜的人。

桂花小小的，却可以酿造满满一城的甜，我也要努力生活。

晚安，亲爱的你，好梦。

10月1日：有的人当真了，梦就会变成现实

嘿，你好吗？

今天搜索文章配图的时候，突然发现，我对于花有种执着的偏爱，手机相册里囤积的图，大多有花的元素。

于是，我有点不合时宜地想起了一句话，曰："陌上花开，可缓缓归矣。"

在这个落叶的季节，我偏偏想到如此温情的一句话，突然心里一暖。

远方的人已经离开我将近一个月了，这一个月里，我一开始总是想哭，路过一起吃过的小吃摊会想哭，看到宿舍楼下依依惜别的小情侣会想哭，听他为我录的歌会想哭，翻他寄来的交换日记也会想哭，头开始的那几天，我觉得自己就是一只行走的巨型海绵，满腹苦水，碰到一点点坚硬的事，

就会淌出悲哀。

这一个月里，我学会了适应我们之间尴尬的时差，我的下午是他的早上，往往是匆匆道过早安，他便要去上课了。我的晚上是他的下午，往往是他扒拉着盘子里的饭，哄着我说晚安。然后，我的早上，是他的深夜，为了能互相道一句早安、晚安，他往往要等到12：00多，而我，也是在手机上定了好几个五六点的闹钟吵自己起床。

这一个月里，我们学会了不再抱怨，依然坚持手写日记，依然坚持每天留言板留言。

昨天往草稿箱里存《冰糖与花》的下一章故事，才发现我们之间这一年的喜怒哀乐，我已经记录完一半了，历时10个月，终于把故事里去年的我们，送到了跨年那一夜。

截止到现在，大概9万字。

舍友说，不知不觉地，你一个人偷偷摸摸就做了那么多事，真厉害。

不知不觉地，365页的交换日记也已经写完第一遍，不知不觉地，我往返家和学校的车票，也一张不少地贴满了自己大一时买的本子上，每一张的旁边都有自己写的句子，偶尔翻起来，这4年，宛若一场短暂的梦，也许，我们活着就是在做一个梦，区别在于，有的人当真了，所以把梦变成了现实。

未来的几个月，很可能每个月只有一封信了，可是保不齐我又会发神经突然联络你，毕竟这种事情以前也没少出现。

这几天，南京一直下雨，淅淅沥沥的，我记得去年的这个时候，天气还是格外温柔的，这一年，也像一场梦。

对了，前天，我和舍友出去逛街，买了未来三个月能用的所有护肤品和生活用品，打算考试之前再也不出校门了，有时候就是这样，决定做一件事情，就要先向它宣战，不管手里的武器怎么样，我们总要先起个认真的范儿，来给自己没底的心一点点安慰。

买完东西顺带看了《从你的全世界路过》。说实话，我觉得很多情节的推进有些牵强，可是，当每个城市的电台主播声伴随着夜景交替出现时，我着实被触动了。

我们都是渺小的，小得像一颗尘埃，可每一颗尘埃，都会因为遇到另一个小透明，而变得不同。每个路过我们生命的人，都是命运的眷恋，都是500次回首的惠赠。

我很感激这些年遇到的每一个人，同时，对于离开的很多人，记不起名字的很多人，忘记了模样的很多人，也不觉得遗憾。

10月1开始，离降温也就不远了，你该套上秋季校服了，别总是爱美的，想着少穿一点显瘦，其实，裹着大衣圆溜溜的你，是可爱的。

10月2日：祝我生日快乐

当你看到这封信时，我就已经22岁了，半只脚已经迈出了大学校门。

终于，被问及年龄时，我不再如小时候那样逞强地说虚岁来唬人造势了，也不再像你那般非要觉得，觉得长大了，长大了就一切都会变好了。

长大了，长大了就发现，很多事依旧不会变好，而我们，反而变得更胆小了。

要不是今天中午收到了二姗寄来的礼物，或许我自己都会忘记这个日子。

上个礼拜我还提醒过自己，过生日那天的早上一定要记得使劲抱抱自己。可很多事，越临近，越容易被搁置。

就像我之前种过的含羞草，刚种下时，每天我都要去看一看它，"快点出来啊，快点发芽，我真的好想见见你"。

后来，变成了两天一看，可每每都还是平平整整的土面。最后干脆直接忘了有含羞草这么一回事，直到有一天，偶然瞥见窗台上的花盆，发现它着实是发了芽来见我了，可是却生生被我的搁置渴死了，小小瘦瘦的蜷缩成一团，可怜兮兮地趴在土面上。

生日这件事也是如一颗闷闷的种子，几个月之前每每都会想到要怎么迎接这一新的开始，结果就被我更长远的某些期盼淹没了，然后新的期盼又会被下一个幻想取代，周而复始，最后发现原来我们都是最伟大的梦想家。

所以啊，一直想着未来的某一天某一阶段要怎么过，不如从现在就准备吧。

如果每天给自己存够了那一块钱，估计购物车又可以减轻些负担了，如果每天都告诉那个人你想见他，估计早晚有一天他会风尘仆仆地奔赴而来，如果每天都跟家里人说一句想家，估计下次离别也不会那么伤感。

如果我能再经历一遍18岁到现在，会是什么样呢？

就从你这个年龄开始，再来一遍。

也许会拒绝错误的恋爱，也许会学着为自己争取，也许会勇敢地说出恐惧和不安，也许，也许什么也都不会变。

因为你就是我，我就是你啊，从你到我，再多遍反反复复，起点和终点也都是一样的，如今我回过头看你，又模糊了些，有点害怕，可我却不能掉头往回走。

就像某本书里写的，记忆的城市逐渐坍塌，活在过去就会被沙土掩埋，我们只能往前走，泪流满面，一步一回头。

可是，只有往前走，才有新的城市，新的爱人，新的生活，新的自己，终有一天，现在的我也会被留在跑道的起点，然后永远年轻地活在下一任接棒奔跑的自己的脑海里。

如此，就不觉得孤单了。

二姗今天送给我的，是一个杯子。

我问她，你是想和我过一辈子吗？

她说，天冷了，得多喝热水。

每个寒暑假，我们几个都会聚一聚，此后有人再没有寒暑假了，也不知道这许多人同时都聚齐难不难。

不过，她们可是连你都认识又喜欢的姑娘啊，所以，我觉得我们一定可以一辈子在一起，虽然有些矫情，可《时间煮雨》唱出来，"我们说好不分离，要一直一直在一起"，便也有些触动吧，有些人只能陪我们一程，而一起走过很多程的人，是恩赐。

今天远方的人感冒了，晕晕沉沉的。自从到了英国，感觉他变得更糊涂了，索性没有暗示他我最想要的礼物。

今天一整天我都在幻想，会不会，我晚上回宿舍的时候，发现他就站在我楼下呢，就那么猝不及防地出现，高高大大的，依旧一副暖暖的笑脸，然后待我走近，便揉着我的脸说，哎呀，你可让我好等，然后张开双臂等着我自投罗网。

我一直这样幻想着，我还担心，我回宿舍时都快12：00了，他会不会站久了觉得冷啊，然后我今天一路小跑着走那段每天磨叽很久的路，终于到了楼下，发现宿舍门口确实有人，是几对惜别的情侣。

然后笑笑自己，果然是想象力丰富，怎么可能有什么魔法，把一个人从英国立马变到眼前呢。

真是太天真了。

晚上和家里通了电话，妈妈说，明天别吃包子，一定要吃碗面，然后倏地就有些鼻酸。我的生日她总是记得。

所以，你不要总惹她生气了，尽管我知道说了你也听不进去，可还是想唠叨一次。

原谅我的唠叨，毕竟，跟你比，我可是大人了，终于能对你颐指气使了，才发现说出嘴来全是关心。

最温暖的生日礼物，是我的童话片刊上了首页，也收获了很多暖心的评论，我依旧每条回复，觉得非常享受。

　　我常常自恋地想，万一有一天，评论多到我没法一一回复，那我是不是就算取得了一些小成功呢。可如果到了那时，我会不会就变成了你不喜欢的样子。

　　这个片刊的引语也要改一改了，明天开始，就是，"18岁的糖糖，你好，我是22岁的糖糖，你今天开心吗，我很想你"。

　　我今天，挺开心的，真的。

　　每天都很开心，虽然越来越分不清这是习惯使然还是发自内心。可我还是觉得，要做个被你喜欢和想要成为的大人。

　　我很想你，也是真的。

第四章　和冬天一起拥抱 2017

11月：想挣很多很多钱

嘿，现在这个时间点儿，估计你已经睡了吧。

我听着滚滚电台录制的《总有一次深醉使人长大》，写这些只言片语给你，不出意外的话，这应该是圣诞节前的最后一篇碎碎念了。

10月过去得很快，好像自从设置了某个时间节点之后，所有它之前的日子，都会变得碎片化。12.24和12.25，今年对于我来说又有了不同的意义，它们之前的每一天，现在都是日历上已经被划掉和即将被划掉的倒计时数字。

大一那年的圣诞节，我和两个舍友去了学校的小酒吧，看旁边桌上的人玩真心话大冒险，生怕有人喝醉做出摔酒瓶之类的事殃及我们，大二那年的圣诞节，和部门里的人吃火锅，收到了一份巧克力。12：00回宿舍的路上，看到学校里一座桥上站着一位扮成圣诞老人的男生，据说是其他学校的

人，因为一见钟情地喜欢上了我们学校的一个姑娘，于是在
这一天过来边发苹果边求偶遇，那一年圣诞节很冷，我不知
道他有没有等到那个没有联系方式的姑娘。去年的圣诞节，
远方的人在酒吧扮成圣诞老人做服务生，我和舍友闷在教室
里准备期末考试。今年的圣诞节，我将历时两天，参加一场
可以决定和改变命运的考试，多年后回首，不管结果如何，
应该都会是一笑而过的经历吧，但求不留遗憾。

　　话说回来，我蜗居到考研教室已经有两个多月了，加上
之前的各种准备阶段，细算起来也已经过去五六个月了。

　　很快对不对，就像那时候你要高考，百日誓师的那天好
像才刚过去，一眨眼就要倒计时321了，这一次，却没有班
主任和好心的同桌，提醒我剩下的日期了。

　　今天收到了之前参加的一个征文比赛的奖金，从公布结
果到颁奖等了足足4个月，终于在11月的第一天盼来了这笔
钱。不是大数目，我只给父母买了些东西，便把剩下的钱存
到了银行卡里。

　　晚上给妈妈打电话，我说，我买了些吃的和一件护腰给
你和爸爸，冬天冷，腰和胃都要暖暖的。

　　妈妈却执意要我退掉，但是显然，她拗不过我。

　　最后，听到她嘀嘀咕咕地说了一句，哎呀，不想让你

花钱。

　　心里一酸，想到了以往买东西，但凡是为我花的钱，父母从没表现出过一点点心疼的样子。但是一到为自己，却总是犹犹豫豫，很多次我都想劝他们对自己好一点，可又转而发现自己除了口头表示，所做甚微。

　　于是很想赚钱，想赚很多很多钱，多到让他们为自己消费时，可以像为我消费那般丝毫不皱眉头。

　　所以，有很长一段时间，考研这条路根本不在我的选项当中。以至于真正下定决心要走时，才发现别人已经早早出发了。

　　所幸有很多陪伴在身边的人，才使这条路走起来并不是那么艰辛可怕。

　　我同几个好朋友的定位，是考研教室的讲台，你不要惊讶，学校里几乎所有的考研教室都这般拥挤，而讲台，反而显得自在了不少。

　　前几天买了三四条红绳，分别寄给几个共同备考的闺密，大家不在一座城市，可每天互相鼓励，也是格外振奋人心。

　　上个月最惊喜的，莫过于滚滚电台的桃花主播找到了《大鱼海棠》里湫的配音，来为我文里的一句引用台词配原声，很感动，也很欣慰，能如此这般认真用心对待一篇文稿的主播和配音演员，一定可以被更多人喜爱。

啊，对了，上个月片刻组织了一个给陌生人写信的活动，尽管被小伙伴骂不务正业，可我还是写了一封信邮寄出去，最近在等属于我的回信，很期待也觉得很有意思，这样温暖的活动，就应该在冬天办嘛！

好了，舍友都睡着了，我也该睡了，明天还要早起背书，新的月份，希望我们都有一个新的开始。

今晚远方的人问我要不要看圣诞礼物，我说什么礼物还要提前这么多天准备，结果看到了他发来的机票订单截图，终于，分开了将近120天的我们，要在圣诞节见面了，这个圣诞节，真的是别具意义呢。

晚安，十一月，祝好。

12月：每一个终点都是新的开始

嘿，你好啊，好久不联系了，过得还好吗？

终于，我可以安安静静地坐下来给你写信了，昨天刚刚结束了一门期末考试，还有前天和大前天，是考研的日子，有幸，我也去凑了个热闹，所以这几个月写的信一直都不规律，希望你不会怪我。

其实，在这100天的备考时间里，我积攒了好多好多事想告诉你呢。

比如说，有好几次我都觉得自己快要撑不住了，头痛难忍地坐在自习教室，一边往下吞咽着止痛片，一边忍着眼睛里打转的泪花，看着因为眼泪的折射而略显模糊的一行行字迹。

比如说，我过生日的时候，一起备考的朋友为了陪我，大晚上定了电影票，还给我买了小蛋糕，虽然临时买的座位在最后一排的边角，虽然小蛋糕上的草莓不那么甜，可是，我心里却因为这个小蛋糕而暖得不行。

比如说，考试前两天接到了北京广播电台工作人员的电话，通知我说有个故事获奖了，让我去北京领奖。那个时候我心里总是焦躁，书看不进去，毕业设计也遇到了瓶颈，因为当时还没有复习完，所以给家里打了个电话征求他们的意见。"想去就去吧。"爸爸在电话那边说，"别太累了，去散散心。"所以啊，我立马就买了车票，然后第二天早上5：00就起床去赶高铁了。

那真是神奇的一天，高中同学在北京南站接应了我，还把我送到中国传媒大学，那天下午，当我看到自己的名字出现在大屏幕，当我捧着奖牌各种摆拍时，我突然觉得，对于坚持的事，好像又看到了一些些光亮呢。我把照片发给妈妈，最后添了一句"夸夸我好不好"。

一直以来，她都不是很支持我把写作当作正事儿，有一次说到气头儿上，她拿筷子指着我说："你写了两篇狗屁文章就以为自己是作家了吗？！能不能听大人的话好好学你的专业！"我知道，她是因为太爱我，所以才给我划定了一个又一个框框，就好像孙悟空给唐僧画的圈圈一样，只要出去了，外面妖魔鬼怪就对你没办法。

他们怕我受伤，而我怕伤他们的心。

其实，我很想退学然后去流浪的，一直以来我都很喜欢在路上的感觉，我想去北漂，想去穷游走遍世界，想去体验一百万种不同的生活，想去真正为自己好好活一次。

可是，政治学里讲说，人有一个属性，叫作社会性，我们永远不能脱离很多既定圈子，就像，我永远不能把家里翘首盼我回家的人放在考虑之外。

就像，很多北漂的人，最终都会回家。

流云编辑回家了，还没来得及跟我见上一面，刚刚见了一面的主播桃花也说要回家了，虽然我没有跟她一起生活工作，可仍旧认真地悲伤了一下。

所以每当有人跟我说，不漂了，想回家了。我总觉得，又是某一颗梦想坠落了，像流星一样，别人看来是绚丽的奇观，可只有它自己知道，巨大的摩擦正火辣辣地刮着它残存的意志，而它对于坠落，是无能为力的。

在北京见桃花那天，空气质量不是很好。我们之前没有见过，可都还是在看见彼此的那一刻，给了对方一个大大的拥抱。吃过饭看到了广场上装饰好的圣诞树，一闪一闪的，可是不知道为什么，我现在总觉得黑暗里那些灿灿亮亮的东西，特别容易让人变得脆弱。

就好像昨天晚上，远方的人租了车来接我去吃饭，这是我们分开120多天后的短暂重逢，我坐在副驾驶，看着望不到边的路灯连成一条线，看着来来往往的车奔驰在宽宽的柏油路，看着身边人的侧脸，突然觉得好像这偌大的城市，只有我们两个人是有联系的，那一刻，我觉得哪里有他，哪里就是家了。那一刻，我突然有了某种归属感，就好像是空中飘了太久的叶子，终于归了根，那一刻，归根的叶子觉得是该放松一下一直是紧绷的筋骨了，可突然要放松的一瞬间，却袭来了更大的恐惧感，是不是，强撑太久的人，对外坚强的人，时间久了，就不会放下戒备和忧虑了。

今天终于和远方的人一起看了《你的名字》，好几次泪目，其实并没有很虐的场景，可是就是情不自禁地悲伤起来，然后更紧地握住了身边人的手，希望他能从自己的力度里感到那种害怕，以及各种错过但又要鼓起勇气死磕到底的决心。

对了，我听说，距离高考马上也快100天了，转眼又是一个轮回，昨天看了一个街头采访，问路人们最想回到哪段时光，果然，选择回到高中的人最多。

想念你的校服，那个时候对于香水还没有什么概念，你总觉得衣服要在金纺里多泡一会儿啊，多泡一会儿，然后你去班里的时候，就是香香的了。想念你的习题册，5年高考3年模拟，好像不知不觉就翻了一遍又一遍。想念你的课桌，我现在只能去自习室或者图书馆看书了，书箱很小，座位也不是以前那种木头和金属组合而成的了，用铅笔在桌面写字也不会留下零星碎屑，重要的是，我感觉好久没有过同桌了，也没人看我在桌面上的乱写乱画。

　　我还记得那个时候，你冬天总是不爱穿棉裤，你觉得如果穿了那多臃肿啊，而且上楼梯的时候，还很怕自己的袜子边露出来被后边的同学看到，怕被笑话，殊不知每个人都是带着这么一颗想被世界接纳的心，跌跌撞撞地往前冲着。最后你发现，就算尽力去讨好一切，还是会有人无条件地讨厌你；还有就算你的袜子再难看，也依然会有人愿意忽略它的图案，只摸摸它的厚度，然后对你说："这太薄了，冬天要换厚的啊。"

　　今天看到泷和三年前的三叶在黄昏的时候遇到彼此时，我突然想如果我找一个黄昏回到高中，走到那间教室的后窗望一望，能不能看到奋笔疾书的你呢。如果能，如果我们见面了，你会不会觉得我不够好啊。

　　这100天来，我再一次为了某件事而去努力并努力做计划，好像是许久没有这么热血了。你知道吗，我在早上去教室的时候，总是能听到楼顶传来的背书声，有的时候中间还会夹杂着几句对自己的埋怨，比如，"你怎么这都记不住""怎么这么笨"之类的。你知道吗，有一段时间我们教室的空调坏了，我和朋友冒着大雨拖了一个小电热器到教室，然后插上电围着它看书，最可怜的时候，教室里只有三四个人，手很冷，可是还要坚持写字，怀里抱着暖宝宝，一遍又一遍地充电，脚像泡在冰水里，从早上7：00，到晚上11：30，我们就这样，互相打趣着、鼓励着熬了过来，某一天中午，物业的大叔进来，听到空调运作声音的那一刻，教室里的人真的是都激动得要哭了。

　　我知道，很多人是不能实现所谓梦想的，我一直在关注一个初中同学，他高考失利，酷爱数学的他偏偏调剂到文科。且不说这4年他是怎么过来的，单是我所能知道的，就是他已经准备了4年的数学，就为了在毕业的时候，把自己送到想去的领域，不过昨天看他的状态，好像发挥得不太好，他说："就算二战，我也要为了梦想不放弃。"

　　如果你觉得生活没有动力，那考研教室真的是最能让人感受到热血的地方，我见过太多蓬头垢面干嚼方便面背书的人，见过太多大冬天站在楼道冷得走来走去反复诵读的人，见过太多打着电话就失声痛哭的人，也见过太多哭过之后，一个人抹干眼泪，继续回到教室埋头苦读的人。

其实大多数人，都是不能给自己的人生一个完美华丽的转变，就算再努力，也只是在自己的层次为起点慢慢地往上艰难爬着，可是我觉得，那些红着眼圈仍忍着一次又一次情绪起伏、劝自己再试一试的人，那些裹着大衣比清晨的雾气起得还早、出来背书的人，那些为了改变命运熬夜苦读而黑眼圈就快要拖到下巴底下的人，都是可爱的。

所以啊，我也不会放弃任何往上攀爬的机会，站在靠自己努力慢慢爬上去的高峰，看到的风景才会动情吧。

所以如果我们见面了，你不要嘲笑我没有你想得那么优秀，而我也会努力再努力，让你永远拥有一个鲜活的灵魂。

18岁的你今天在干什么呢？你前桌的人有没有又回过头来，信誓旦旦地说："喂，看吧，以后我一定会特别成功的。"跟你关系好的小姐妹，有没有又跟你念叨说隔壁班那个男生很帅？

偷偷告诉你，前桌的男生已经签了工作，马上要去巴西驻外了，真的很厉害。而你的小姐妹，放弃了出国留学，留在长沙开了一家清吧，每天把一切都打理得井井有条。第二天总是能在朋友圈看到她前一夜下班时，又去那家小店吃了份面。

　　你呢，你想做什么呢？不管你要做什么，我都会支持你。

　　我只希望，你别有什么遗憾。

　　临走的时候，我问桃花，如果再来一次，你还漂吗？她特别坚定地回我，漂！

　　每当你累的时候，就抬头看看天上的星星吧，那可是每个人的梦想变成的呢，就算时不时总会有流星坠落，可每天每天，都会有新的星星升起来，所以啊，你要看好自己的小星星，别让它掉下来了。

　　最后，说一件暖心的小事，昨天和远方的人吃饭，我说我请你吧，然后他一边看菜单，一边说，哎呀你请我，我都不会点菜了，明天你再请我吧。

　　其实我知道他是怕我多花钱。

　　很多人都在努力地爱我们，我们也要更好地保护好自己，不要变太多哦，晚安，好梦。

　　下次再写信就是新的一年啦，希望你买到好看的新衣服。

　　这有一封给你的信。

　　嘿，你好吗？

　　我是不是有些冒昧？就这样不带任何敬语地称呼你。

　　说实在的，我们可能永远都没有机会面对面坐在一起喝喝咖啡，聊聊天气，说说心里话，可我依然想写这些送给你。如果有任何担忧或遗憾的话，那应该是，我不知道要过多久，你才能读到它们，又或者，如夏日午后的湖面上柳枝微微扫过的涟漪一般，还没来得及收到你的回复，我的问候便转瞬沉寂了。

　　可我总是执拗地相信着，只要你看到了这封信，我们便是有联系的了。

　　所以，很高兴能够认识你。

　　此时此刻，也许你正在闷热的教室里埋头做习题，体育课上在白色校服背上留下的汗水还未干透，知了声喋喋不休，粉笔"吱吱呀呀"地划过黑板，写着似乎永远都推导不完的数学公式。你抬头看看表，又转而望望窗外，再次伏案书写之前，总是不忘瞄一眼那个坐在特殊位置的他，然后在险些对视时急匆匆转移视线，样子腼腆又可爱。

　　此时此刻，也许你正在大学的图书馆自习室，浓浓的咖啡味道充盈着整个鼻腔。打开备考的书籍，看着晦涩艰深的术语，你揉揉眼睛，再一次为自己打气。

　　此时此刻，也许你正在另一个城市独自奋战，画着精致的妆容，穿着笔挺的西装，八面玲珑地处理着手边事。可总有那么一个阶段，每天上下班高峰的地铁，运载着你疲惫不堪的身体。你依然会在给家里打电话时装作一副风生水起的模样，"我过得好着呢，别担心"。然后挂掉电话，看着手里放冷的便当轻轻叹一口气。

此时此刻，也许你正在坚持一场遥远距离的感情，过着只有"早安""晚安"时才能彼此拥有的日子。热映的电影不等你们重逢便过了档期，新开的小食店总是他让你先去替他吃。路边的大排档，你也不再习惯性地叫着老板，说要两碗面，其中一碗不加葱花。

此时此刻，也许你已为人父母，体会到什么叫作甜蜜的负担，嬉笑怒骂，从此又多了一个理由，累到无助时，掏出钱包看到他小时候的照片，总是能咬牙继续熬下去。

此时此刻，也许你已孤身一人，总爱捧着另一半的照片回想以前，黯然流泪时被淘气的外孙窥到。于是那之后，你总是一边剥着洋葱掩饰泪水，一边在心里反复温习第一次见面时他灿然的笑脸。

此时此刻，我正在写信给你，我们有那么多相似，又有那么多不同。

也许，我们是永远没有机会坐在一起喝喝咖啡，聊聊天气，说说心里话的，可是，每当我想到你读到了我的信，便觉得，我们是有联系的。

你因为隔壁班的男生换了新发型而兴奋不已，我也曾经绕过整个操场，只为了一次偶遇。

你正站在人生的岔路口而不知如何抉择，我也曾想过以后要做一个专心写故事的人，但却一直羞于说出口。

你为了能早日独立而拼命工作，我也想过，以后做一个如你这般奋进的职员。

你觉得爱情的距离太遥远而总是患得患失，我也经常为自己坚持的异国恋而身心俱疲。

你由于心爱的孩子偶受挫折而紧皱眉头，我也为父母鬓角的白发而暗自心疼。

你怀念陪伴你走过一生的人，我也正在羡慕你们，真的走过了一生。

所以你看，冥冥之中，我们是有联系的，我正在演示你的未来，或者你正在尝试我的以后。

虽然年少时的欢喜大多伴随酸涩，但却是每个人都躲不过的注定，多年后回想，酸涩早已化作释然的微笑。可能拔节成长的过程总是有一丝丝疼痛，但长大后，才会更珍视曾经的童真。也许有些事一开始总是棘手，千遍万遍尝试依然头破血流，可是拼命一搏的勇气，总是在最贫瘠时拥有。

即使爱情给予我们惶恐和不安，可人们仍旧甘之如饴，奋然追求。同样，那些以不同方式陪伴我们的人，有一天都会以不同方式离开，但是，只要有一瞬间是铭记于脑海中的，便也会感激涕零了吧。

所以，我才写信给你，告诉你我见过的，听过的，经历的，或感受到的事，因为我相信，这些也是你所珍爱的，拥有的或已经失去的。

你过得好吗？

这是一封给你的信。

我是一个想成为，对你来说温暖得恰到好处的陌生人。

1月1日：自己塑造自己才酷

我想我还是不够成熟，总是在逃避一些事情，这几年来最大的长进，就是越来越会为自己的逃避找些冠冕堂皇的借口。

嘿，这是2017年的第一封信。

说实话，我一点儿都没觉得现在是到了新的一年，可能是因为缺乏了某些仪式吧。

我这个人仪式感很强，总觉得什么事情，一定要郑重其事地宣扬出来才算开始。

去年的跨年是和远方的人待在一起，两个人排队去敲了新年钟，放肆地吃了顿深夜排骨，然后挤在市中心熙熙攘攘的人群里，跟着不知道哪个才是正确的倒计时，喊了好几遍，最后才放飞手里的hello kitty氢气球。

正是因为今年缺乏了那些仪式，所以我才头痛的吧。

　　从下午一直到现在，我的头一直很痛，我知道你也偶有头痛的毛病，大夫说是遗传，没法治。不过现在，我没心没肺的时候，往往不会痛，可一开始想些乱七八糟，老毛病就犯了，舍友说我可能就是太爱胡思乱想了。

　　我觉得可能是由于我最近读书不多的缘故吧，总有一些问题困扰着我。不过终归是到了新的一年，要不是这次头痛，我也不会意识到曾经浪费而过的许多个平安美好的日子，原来那么珍贵。

　　回望过去一年，我好像没有成长多少，可终究也算是有零星长进，2月文章第一次上首页，然后开始坚持写东西，4月收到编辑的私信，5月签约成为片刊作者，片刊第一次被几千人订阅。6月备战期末，其间接触了滚滚电台的主播，之后更是成了好朋友，7月留校上考研辅导班，8月和远方的人开始异国恋，9月搬至考研教室，熬过了许多个打破幻想重新审视自己的日子，12月去北京领奖，结束考研，草草跨年，现在又在备战期末，简直是被抽打着匆忙赶路又一刻不敢停的一年。

　　好在，一切都快过去了，而未来不管还有多少这样的岁月，也都会不紧不慢地过去。

　　昨天去定了一把尤克里里，一想到以后自己也算个有琴的人了，就觉得很开心。

舍友说，很羡慕那些从小就被培养各种技能的孩子。我觉得，长大了之后依然选择不断培养自己的人也不赖啊，想想就很酷。

下学期的愿望不复杂，好好写故事，找个咖啡店兼职，继续坚持画画，坚持做一切无意义但美好的小事，就这样。

片刊改版后不能给文章添加音乐了，这点挺遗憾的，今天下午一直在听《告白气球》，于是给自己立下一个flag，早晚有一天我要用自己的尤克里里弹着唱出这首歌。

最后，想到了一个从清华大学退学去做滑板与摄影朋友的话，"我可能一辈子都碌碌无为，可我不想一辈子郁郁寡欢"。

就这样吧，我们总是不太会照顾自己，头痛的时候才知道早睡，下次写信的时候，跟你分享新的事情，晚安，答应我好好爱自己。

1月2日：我们在这里永远都长不大

云想衣裳花想容，春风拂槛露华浓。

若非群玉山头见，会向瑶台月下逢。

这是李白《清平调》词三首其一，我每次假期回到家都会照例开始复习背诵古诗词，然后顺便把诗词内容拿过来练练书法，这是这个寒假的第一首。

嘿，你好啊，这个时候，你也应该放寒假了吧，作业多不多，有没有额外布置的任务呢？我差点忘了，你的书法比我厉害多了，只不过高三太忙了，你总是没时间练习，不像我，越来越爱做一些慢吞吞的事情：发呆、写字、画水墨画、拨弄几下尤克里里，有的时候还会找人下下象棋。

这样的日子，是不是很像在养老啊。

现在夜有些深了，远方的人刚刚发消息过来说已经顺利到达德国了，正在准备转机。其实，我也不是刻意熬夜等他的消息，只不过冥冥之中，今天就是不想睡，尽管我已经非常疲倦了。

今天我乘高铁从南京回天津，一路上都在看沿途风景，虽然已经看过十几次了，可每次还是会觉得神奇，就好像我是在乘着时间奔跑一样，如果真的有一匹时间白马，我一定要骑着它穿越时空回去看看你。

一直到今天为止，终于都告一段落了。

结束了考研，结束了期末考，结束了搬运十几斤的重物，几次跑到邮局邮寄，结束了从考研教室的彻底搬离，结束了离开宿舍之前的各种善后。终于，这一切都结束了。

今天上午和舍友告别的时候，我问她："你说，以后咱们会不会怀念这段灰头土脸的日子？"

"应该是怀念这些日子里的我们吧。"舍友把手里剥开的核桃自然地分了我一半。

就像我现在总是想你一样，以后的我，一定也会觉得现在给你写信的自己格外可爱吧。

对了，今天还是姥姥的生日，我吃到了水果蛋糕上最甜的那颗草莓，心里也觉得甜丝丝的。

今天也是我这么久以来第一次睡到自己的床上，被子里一股香香的味道，很让人安心。每次我回家，都会发现自

　　己的牙具还整齐地摆在卫生间，而妈妈也总会一边为我找睡衣，一边喊着："你等一会儿，我给你拿新牙刷。"

　　这段时间奶奶住在家里，因为身体不太好，所以我就睡在她的床边，到现在为止，已经扶她坐起来5次了，自己没有觉得很辛苦，可真的是心疼了很久。原来，奶奶每天要起夜那么多次，而且每次自己起来都异常艰难，人老了，真的好可怕啊。

　　好了，再说下去，我又要开始羡慕你了，无忧无虑的，身边所有的人负责爱你，你只需负责去打量世界就好了。现在，我也要把我的爱，多多切几分给他们，尽管我知道，这是我永远都还不完的温情。

　　突然发现再不睡，天就快亮了啊，我从今天起，答应你做一个早睡的人。

　　我是真的不喜欢异国恋，可我喜欢他。

　　最近《举重妖精金福珠》看得入迷，希望你永远有颗鲜活的少女心，晚安。

1月3日：朝着有光的地方一直跑

嘿，你好吗？

我现在，正坐在从北京回天津的城际列车上给你写信，身边坐了一个不认识的姐姐，打扮得很帅气，正听着歌玩着手机。

今天天气很好，不需要戴口罩，中午和要好的朋友吃了顿饭，这几天也多亏了人家一直带路玩耍，差点忘了，现在这位要好的朋友，也是你的好朋友啊，我一直很努力的，想把你现在所有的朋友都一直留在身边，可是时间啊，是个漏洞很大的筛子，不知不觉地筛走了很多身边的人。

可是，你不要失望，只要你一直勇敢地往前走，新朋友们总是会不期而遇的。

这个月的9号我从南京回家，前一天收拾了很多穿不上的衣服，包了一个十几斤的大包裹寄回家，晚上还去上了尤克里里的课，教琴的老师人很好，比我大几个月，听说他高中和大学都只上了一年，去过很多城市，现在和女朋友两个人，经营着自己的小琴行，偶尔去旅旅游，我觉得这样也挺幸福的。

10号那天是姥姥的生日，姐姐帮忙订了一个很大的水果蛋糕，我吃到了那颗最甜的草莓，心情也变得格外的好。

11号一早起来，就匆匆赶到了车站，然后坐了半小时城际列车到北京。见了约几个好的朋友，晚上就坐在咖啡店里等着北巷猫下班来接我去她家。

这是第一次和猫见面，我刚看到她时，就觉得特别亲切，忍不住过去抱了一下，然后两个人自然地手挽起手走在北京的寒夜里，那天在雍和宫附近的小巷里找了一家很有情调的店，临去她家之前，还买了栗子和水果。

之后又见了之前约好的桃花和轩zone，一起吃饭逛街，就好像我们已经熟识很久了一般。

有一天夜里10：30，我在南锣鼓巷地铁站打不到车，猫说我马上过去接你，然后穿着睡衣裹着大外套就跑出来了，我看到她那一刻，真的是感动得要哭了。

我们手拉着手，走在偌大的北京城的寒夜里，聊着理想，聊着生活，聊着感情，聊着乱七八糟一切可以说得上话的事，回到家洗漱完还要继续聊，躺在一张床上你一句我一句的，聊到最后困了，要睡着了，还是手拉着手。

这几天啊，我在北京经历了深夜凌晨在路边打不到车的无助，经历了地铁站换乘三四次的烦琐，经历了过马路、走天桥要跑的快节奏，突然想到一个朋友说过的话，他说："北京啊，不讨喜，可就是想去。"

我想，让人觉得要留在这里的原因，是因为我们都能在这里做个梦。昨天我和猫去了片刻大本营，是一栋小别墅，真的非常温馨可爱，每个在这儿工作的人，都保持着最鲜活的样子。我们一起去吃饭，一人要了一瓶啤酒，一道菜上来就一圈一圈轮着吃，大家想到什么聊什么，一边调侃着说是在硬聊天，一边又为了某个人的某句话而捧腹开怀，我是喜欢这样的生活的。

我们每个人都笑着，哪怕我们在这个城市里哭过无数次。

我们依旧谈理想，哪怕我们赶不上最后一班地铁在寒风中冷得直跺脚。

我们还是相信很多东西，然后努力去实现，这样的生活啊，想想就很酷。

这是我最开心的一个寒假了，接下来的日子，我有许多稿子要写，也要去做一些必须做的事了，你呢，有没有新的目标？不可以停下来啊，活着，本身就是累的，然后我们奔着一个充满光的地方，就一直跑下去吧。

1月4日：在哪里学会成长，就会爱上哪里

我好像，是很久没有更新文章了。

嘿，你好吗，今天是腊月二十七，还有3天就到新年了。

上午的时候和妈妈去了集市，我记得你小时候最爱逛集市了，总会因为非要买一些有意思但没用的小东西而被妈妈责备。如今，再逛集市的我，却只想买好该买的年货后立马回家。

在人头攒动格外拥挤的地方，会突然觉得茫然。

今天和同学说，我发现现在越来越没有年味了呢。

同学回我，嗯，可能是因为咱们越来越老了。

开玩笑，我可还是个花季美少女呢！我还有拯救世界的梦想呢！虽然这几天只是做做家务，照顾照顾老人，偶尔葛

优瘫加上狂扫福字，可我心里，还是有团火的！

不过，这几天，突然喜欢上好妹妹乐队了。

昨天又把他们南京的那场"自在如风"演唱会的视频看了一遍，听着他们聊南京，听着中山陵、雨花台、鸭血粉丝、梧桐树这些熟悉的字眼，突然有了沧桑感，今年的6月份，我也要和南京说再见了，心里真的很不舍。

南京不是我的故乡，可它给了我故乡没有教我的很多东西。

我是在南京学会住集体宿舍和舍友和平相处的，是在南京学会一个人去火车站、飞机场的，是在南京学会做兼职、跑会场的，是在南京去的我人生第一家酒吧，在南京经历了第一次疯狂的跨年，在南京学会一个人擦干眼泪咬着牙坚持，在南京学着去爱一个想携手走过一生的人，在南京，我和远方的人走遍了每一条有梧桐的街道，听过无数流浪歌手的吉他声，吃过每一个胡同的小吃摊，喝过很多次夹带着晚风的酒，淋过很多淅淅沥沥的小雨。南京啊，从18岁到22岁，陪我长大的，其实是你啊。

离开的时候，我可能要给你眼泪做纪念了，反复练习了这么多次，我也没有习惯分离，可是，我走了，你还会拥有无数个相似的女孩儿，她们的父母把她们交给你，然后你再把温柔成熟的她们还给世界，这样多好。

这几天，我是有些懒惰了，我记得你高三那年的寒假，听着窗外的鞭炮声做着物理习题，脑子里想着宇宙飞船的几个加速度。现在的我，连一道选择题是多少分值都记不清了。

刚刚查了成绩，这学期的三四门课都过了，甚好，毕竟我只在考前复习了两天，能通过已是万幸。

每天醒过来大概就9：00了，收拾收拾做个早饭，就11：00了，然后又开始做中午饭，然后又刷碗擦桌。从2：00钟开始，我闲下来会练练琴、写写日记，或者补补剧。然后又是晚饭，再洗碗擦桌，扫地擦地，洗个澡。之后约莫七八点了，我给妈妈打好洗脚水，也给自己打一盆，敷着面膜刷微博、微信和片刊，有感触了，就打开软件在那个叫手稿儿的文件夹里写点只言片语。因为要弄一个合集，所以现在写的文不能发出来，等都整理好了，我会一起发，那个时候，也不知道还有多少人会看。

前几天收到了一个粉丝的私信，把我夸了一通，我开心地分享给朋友，得意扬扬，真的是很开心的那种。

这个月，总的来说，是一个过渡期。从南京回家，从天津到北京，再回家。我见了很多人，加深了很多感情，又得了一个小奖项，又参加了一个征文比赛，又有了很多新想法，滚滚电台每周二会播我的《异国恋日记》，我每期不落地听着，通过了微博认证，下一步打算申请一个话题主持人。

我每天都在学着做更好吃的东西、做家务、听歌、看书、写字以及看别人写字，偶尔手痒了也会拿出毛笔、宣纸和墨汁颜料；尤克里里的四根琴弦我终于能分得清，也终于能盲弹出哆来咪了；我还在头发上挑染了想要的紫色，买到了喜欢的毛茸茸卫衣和马丁靴。总之一切都算平安喜乐，新的一年，希望我还能有时间坐下来闲七杂八地写写东西，把这些琐碎的事通通告诉你。

这样真好，不是吗？马上新年了，三十儿包饺子时记得放硬币和糖哦。我想你，祝你开心。

第五章　来年春天我们相见

2月1日：变成会撒谎的大人

今天是立春，春天就要来了。

我坐在另一处房子的窗台上，一边晒着太阳，一边写信给你。

挑染的紫色头发每次洗头时都会褪一点颜色，现在快变成酒红色了，很多事情也终会过去吧，像每个凛冽的寒冬都会遇见立春，然后收了锋芒，逐渐温顺起来。

新年过后我一直忙着约见发小和闺密们，很多时候忘了时间其实是不曾停留的。每当看到她们，才发现不知不觉已经走过了十几载春秋。

因为一些原因，昨晚妈妈好像一直没怎么睡好。早上接到了大姨的电话，反而一个劲说睡得不错，很好，不要费心。

我也没有睡好，把胳膊抬起来挡住眼睛，假装熟睡。

　　突然发现，长大了，我们都变成了不诚实的人。太多次想哭的瞬间，仍旧会把眼泪憋回去，笑着说没事儿，说能行，说别担心，说我可以。然后用外壳包住如蜗牛般的柔软内心和无边的恐惧，推开别人援助施舍的双手，咬着牙踽踽独行下去。

　　最近在趁着假期刷《欢乐颂》，我羡慕小曲的家世，欣赏安迪的才华，心疼樊姐的处境，喜欢关关的踏实，佩服邱莹莹的率真。昨天睡觉的时候就在想，我要是集合了她们5个人的所有，那会不会就是一个完美的人了呢？可是，22楼的每个姑娘都像你，而22楼的每个姑娘又都不是你，把自己过成故事，才是最好的结局。

　　尽管人的本性是孤独的，可我一直很喜欢冰心的一段话，"爱在左，同情在右，走在生命的两旁，随时撒种，随时开花，将这一径长途，点缀得鲜花弥漫，使穿枝拂叶的行人踏着荆棘，不觉得痛苦，有泪可落，却不是悲凉"。

　　希望有几个能随时约出来喝酒的朋友，哭过、笑过、争吵过、疯狂过，我还是愿意和他们腻在一起的那种感觉。前几天见了发小，昨天见了初中认识的闺密，一见面没有一句寒暄，紧紧地抱了一下，夹着2月的冷空气的怀抱，却暖热了我的心。我们会长大，会变化，会被自己厌恶，但是那些一起变化着的朋友，永远是自己选择的至亲。

这些天啊，我跑了几次医院，身体也不舒服。吃过药累了就自己窝起来发呆，写写东西，不想和远方的人说话，不是因为感情有了变化，而是太遥远的求助和抱怨，会把真情渐渐稀释淡化，所以，隐瞒有时也是善意。

昨天早上妈妈给我吹头发，突然想起小时候，一到放假我就缠着她给我编辫子，有时候会甩着脑袋上十几个小辫儿，兴高采烈地跑着去找邻居家孩子玩耍。

2月的开头，2017已经过去十二分之一，看完了《功夫瑜伽》和《大闹天竺》，也算是遵守了给宝宝票房添砖加瓦的诺言。每个认真的人都会得到该有的回报，处于最低谷的时候，往往也是上坡的地点，这是年后的第一封信，我相信一切都会好起来。

最近一直在和滚滚电台合作《异国恋日记》的一档节目，看到那么多听众喜欢，我也是真的开心，眼前的一切都是馈赠，我也希望时间银河另一端遥远的你，能有个无悔的匆匆那年。

2月2日：不习惯的事，只等熟能生巧

这一拖延，第二封信竟然都拖到了2月18日，是我懒惰了。

说好的练琴，到现在为止，马上再有几天就该返程回南京了，却还只是能弹出几首简单的曲子。

说好的旅游，到现在为止，一个寒假过去了，最远也就是跑到了北京晃荡了几天。

说好的学做饭，到现在为止，也只是能做几个家常菜，想到就觉得拿不出手。

说好的学英语，到现在为止，美剧没追完，听力和背诵也只进行了五分之一，还是停留在听得懂写不出的阶段。

说好的看书，到现在为止，只看完了四五本，想做的读书笔记还停留在本子的空白页上。

说好的练字，到现在为止，我还是不像个从小练书法的人，硬笔字僵硬得很，临摹了一个寒假的正楷字帖，还是不能运用自如。

说好的写故事，到现在为止，童话一篇都没有更新，上学期就构思好的小说没有开篇，两个空白的片刊就那么尴尬地摆在主页上。约好的稿子也没有动笔，只是在被主播催稿的时候，补上一两期电台播文，只有《冰糖与花》，艰难地维持着每周一更新。可是我的计划，明明是这个寒假就全部更换完，不过还好，再有个十几章，我和远方的人异国恋之前一年的事，就差不多都记下了，到时候我会写一个完结通知，等一直看故事的朋友们读完之后，就把那个片刊彻底删除。

我不希望别人再提到小萘，只想到糖糖与花花这两个人，相比起来，我更愿意写些童话和故事，每个人都能在其中看到自己的那种。

2月15日开始，考研成绩都陆续出来了，考得不错的朋友们一个接一个跟我说，他们要去找工作了，希望你能带来好消息。到现在为止，我的成绩还没有出来，却突然有一种淡淡的失落感。

一起风雨无阻备考的人，如今都有了新的选择，他们冲我挥一挥手，说我们走啦，你好好的。

这样看起来，被丢下的人是我才对。只有我还在原地，看着曾经肩并肩的人，渐行渐远。

和远方的人最近说话越来越少，基本上只剩下早安和晚安这种简单的问候，不过每每想到这是大洋彼岸的问候，总是觉得我们在坚持一件伟大的事。

我不是个坚强的人，可我正努力变得足够柔软，柔软到可以包容一切坚硬。

我不是个完美的人，可我正努力地伸展着每一条短板，想要以后跟更有趣的人们坐到一起谈天说地，喝喝咖啡。

我不是个勤快的人，可我不能放任自己的20岁出头草草而过，我还是想学点新的什么，然后分享给你看。

整个寒假，说起来，还是做了一点有意义的事，见了最想见的闺密，和朋友建了个自己的小公众号。

坐车回家的时候，一个闺密突然说："哎，以后拍婚纱照一定要带我们一起。"

"当然了啊，你们是御用伴娘。"

公众号刚建起来时，只有我和夏天两个人关注，我们发了很多次群发消息，反复地测试内容有没有纰漏，反复地修改自定义菜单，从一无所知到现在已经可以掌握p图和排版以及动图的压缩制作等技能。我不能说这个公众号有多好，只能说，如果它在变好，那我和夏天一定也在不断地成长，因为它，我们变得更加愿意去尝试。

再过几天我就要回南京去做毕业设计了，到时候会再写信给你。

昨天看了《谎言西西里》，患病的男主选择提前为自己办了葬礼来让女主忘记自己，然后偷偷地搬到女主的楼上关心着她的生活起居，看到他穿着卡通服同女主的那个拥抱，真是太揪心了。

很多事情都是无法预料后果的，能包容体谅的时候，珍惜彼此也许是最不会后悔的选择。

我们怎么就变成普通朋友了呢

前天晚上正准备睡觉时电话响了，是大周打过来的，因为宿舍里已经熄了灯，也有人睡着了，我就拒接了电话，然后给大周回了条短信，"你怎么想起来给我打电话啦，舍友都睡了，微信说吧"。

没过5分钟微信上就收到了大周的消息，"糖糖，你帮我一个忙"。

我这边拿着手机笑了笑，心想我们果然还是老样子，好朋友哪怕再久不联系，也没必要寒暄那些有的没的。

"有什么事你就说，我一定尽力帮。"我回他。

"就是……我可能要屏蔽你一段时间……我女朋友不太喜欢我和别的女生聊天，然后你就当咱们这些天没有联系行吗？"

说实话我看着他这句回复愣了好一会儿，然后开始反思了一下自己到底是哪里做得不妥当。想来想去，我和大周上个礼拜确实联系过一次，那时候我朋友要在北京找房子，我就想到了一直在北京读书的大周，然后问了他一些问题，聊了几句。

想必大周的女朋友定是生他气了，而大周也一定要和她解释说我只是他的普通朋友才可以解决问题吧。

其实我和大周还有其他几个高中同学算是至交，五六个人毕业之后一直有联系，每过一段时间大家就会出来聚一聚。几个女生的齐刘海变成了长发中分，可凑到一起还是有聊不完的八卦，几个男生也开始慢慢长了些啤酒肚，但互损的老梗说它几百遍也不会腻。

我一直以为，我们会是一辈子的好朋友，即使不常联系也不怕走远的那种。

有一次我们小团体里的一位男生脱单，他带着女朋友来和我们一起吃饭，介绍我们几位女生时，云淡风轻地说了句这些是我高中同学，当时我心里很不爽，一度怀疑起我们之间的友谊来。

后来我也交了男朋友，有一次生病在急诊输液，其间接到了一个男生好朋友的电话，知道我没事之后简单说了两句就挂了电话。我刚开始觉得这件事没什么，后来发现男朋友的脸色越来越难看，我觉得他小气，还解释说这是我上学时关系特别要好的朋友。

可是好像我越强调我和异性朋友的关系有多纯粹，我越说我和他们是好哥们儿那种友谊，我男朋友越生气。

之后我们冷静下来聊天，我问他，难道世界上真的没有纯洁的男女友谊吗？

男朋友给我讲说他曾经也有一个关系十分要好的女生朋友，那个时候也相信男女之间有纯洁友谊。他们几个人一起去旅游，一起在肯德基做作业、吃薯条，一起八卦别人的花边绯闻，一起聊过人生聊过梦想，甚至还许下了30岁未嫁未娶就将就一起过的承诺。

可这样的友谊不会持续一辈子，那个女生朋友有了男朋友之后第一个告诉了他，他其实心里也很替她开心，可说了再见转过身之后，总觉得身边少了些什么。

听完男朋友讲的这些往事，我根本顾不上什么男女纯洁友谊的狗屁论证了。什么？那个女生跟你这么要好？你们一起待了那么久？她大姨妈不小心蹭到衣服上你还脱了自己的校服帮她遮？她还把校服洗好折好还给你？你们每个假期都要约见面？你们一起坐过前后桌，她还帮你抄过作业？你打球的时候她也给你递过水，还为你准备好纸巾擦汗？

　　我越想越气，最后干脆不想搭理男朋友了。他在一旁酸不溜丢地调侃我，"刚才是谁说大家只是好朋友的，你现在知道我的感受了？"

　　大周的女朋友，心里应该也不会太喜欢他这些女生好友吧。毕竟，现在她身边那个会穿西装打领带参加项目活动的人，那个会开车载她流浪在陌生城市的琉璃夜色里的人，那个心里盘算着房价工资油价以及计划着和她结婚和她柴米油盐的人，那个人的年少时光，那个人的痴想轻狂，那个人的莽撞天真，是属于我们这群好朋友的。

　　读书的时候我们总是爱把一辈子挂在嘴边，总觉得身边一起做过梦的人都要一辈子留在身边人生才会完整。那个时候我们谈梦想从来不避讳也不怕丢人，我记得大周说他想过要做医生，以后成为神医，动动指头就能给人治病。当时正好是生物课之前的课间，他旁边的胖熊笑着告诉大周那应该叫盲人按摩，不叫神医，然后我旁边正在喝水的阿婧一口没憋住喷了出来。

　　毕业的时候我们一大帮人拍照，穿着同样的衣服，带着对未来同样的渴望与新奇，怀着对匆匆那年的万般不舍，一步一回头地含泪道别。

　　胖熊让我和阿婧一人挽着他一只胳膊拍照，自己一边傻乐一边跟我们说："以后你们有了男朋友，看到了该羡慕我了，你看你们现在这样子，是剩下的日子里最年轻的一刻，而我也在这一刻，还和你们待在一起。"

如果说我一开始对于大周的做法有些气愤，那应该是我还没有切换到一个恰当的角度看这件事，是我忽略了，我们作为一些人青春时代的异性朋友，有时甚至会成为那个人身边人眼里的假想敌。因为认识时间久，因为一起经历了那么多，因为一起哭过笑过，因为我们在彼此心里是一份永久的记忆，只要怀念青春，就不可避免地会想到那一伙儿人。

对于半路相遇的那些情侣来说，青春期的异性好朋友，实在是太可怕的威胁了。

即使如此，我仍相信纯粹的友谊存在，但作为长大后作为异性好朋友，我们应该学会找好自己的位置。你有需要帮忙的事，作为好朋友我依然二话不说去帮你，如果有一天你身边有了那个命中注定，我觉得做你嘴里的普通朋友也不错，你不用谢我体谅，这是好朋友应该做的。

如果你的异性好友有了对象，他对象一定不相信男女有纯洁友谊，如果你有了对象，你也可能会羡慕嫉妒甚至讨厌那些陪他走过青春的人。

如果有一天我们最终都变成了普通朋友，这或许代表了

一种仪式，也许在那些一起奋战中考、高考的日子里我们都
是属于彼此的，但青春之后，我们会逐渐属于那些不同路程
中陪在身边的人。

　　岁月让我们这群人早一些相遇已经是恩赐，余生很长，
也要好好珍惜后来晚些相遇的人，这样，才算是完整吧。

3月1日：关于春天的一切

我常常想，打点滴的时候，如果割破手指，会不会有药水流出来。

妈妈刚做完心脏手术的那一年，某个阳光温暖的午后，她躺在阳台上的长椅上晒太阳，阳光细碎地落在她的脸上，空气里的微尘飘浮着。她眯缝着眼睛低低呢喃道："如果人的肚子上有一条拉链，万一哪个器官受伤了，只要把拉链拉开，换一个新的就好了。"

从家里出发回学校的前一天，因为要处理一些事情，所以到了下午才进家门，奶奶一副吓坏的模样，声音颤颤巍巍地问我："你去哪了？万一你跑丢了，我怎么和你爸爸交代呢。"

我知道她是糊涂了，还把我当作5岁的孩子。

我也知道，我现在该是个大人了。

以前总爱把《小王子》反复地读，也一直相信着所有的大人都曾是小孩子这句话，但大多数人忘记了。

到学校那天，宿舍里两个室友在桌前看着公务员考试的书籍，我坐在她们中间，总觉得自己多余。

一直觉得18岁的自己最美，后来发现美的不是自己，其实是18岁。

毕业的时候，我想要一套高中校服版的毕业照，而高三那年，我却用剪刀改过它的很多边角。

初中的时候早恋、叛逆、追求个性、烫头发、学喝酒、围观打架、尝试把烟吸到肺里再吐出来，甚至还在某个自以为落寞的夜晚，用刀片割破手腕，深以为自己酷得不行。殊不知当时每个追求个性的纨绔少年，在外人眼里看来终是一类货色。

高中的时候因为分手而发誓不再相信爱情，但仍喜欢热血沸腾的一切，酷暑的时候守在篮球场为自己班高喊，寒冬的时候因为怕身材走形而拒绝母亲反复强调的棉裤。甚至，上下楼往老师办公室送课本时，会觉得被身后的学生看到自己校服裤腿儿口露出的半截袜边儿，是件丢人的事。

后来，我很少在街边肆无忌惮地狂笑奔跑，也很少因为某个人在午夜握着手机掉眼泪，甚至，我很少想起自己现在是哪般模样，每次照镜子时，才会突然发现：呀，原来，我的大学时光转眼都要结束了，而我心里，还总是觉得自己有一副高中生的面貌。

是时候长大了，哪怕我的心偶尔会不高兴。它总是想做自由的事，可又害怕很多未知，因为它，这一路我的身上结满伤疤。

有的时候会想，每个人的命运到底有没有定数，努力是不是枉然？可很多事，哪怕知道是枉然，也要等到真的撞南墙那天才肯放手。

这个春天，和每一年的春天没有什么不同，不同的是我们。

关于春天的一切，我只想到了那个阳光温暖的日子。我走进教室，身后一位女同学突然大喊了一声，"哎，你怎么没有带书包来上学啊，不会是忘记了吧？"

整个班的人都开始发笑，我红着脸蹭到自己的座位上，那一刻，我觉得我是这个世界上最窘迫的人。

如果有些人还在，空气中就有爱

奶奶今年85岁了，小脑萎缩了七八年，最近两年意识逐渐开始混乱，我清楚地感受到生命已经开始在她身上倒数计时了。

上学期去北京见一些合作的主播朋友，约了高中时的同学一起吃饭，谈到家里的老人时，同学给我讲了他和自己的奶奶见最后一面的场景。

"她当时已经昏迷了很久了，我接到家里电话后立马赶了回去，可能冥冥中知道我回来了，她醒了一次，然后睁开眼就那么看着我。我跟她说：别害怕，等好起来咱们就回家。"然后自己眼眶就红了。

同学跟我说其实自己心里也清楚这一刻早晚会到来，只不过面对这种分别，谁也无法做到绝对坦然。

我从小到大的遗憾是没有见过自己的爷爷，更别提分

207

别前的最后一面了。不过听爸爸说，爷爷是一个和蔼的人，且厨艺极好。有时候我做梦会梦到一位老人，他总是爱对我笑，醒来后我便会笃定地跟我爸妈说我梦到了爷爷。

同时，我对于姥爷的印象也比较模糊。姥爷家以前是地主，生得一身少爷脾气。我记得他写得一手好字，逢年过节别人家总会过来央他给写对联，后来我也学对对联，小学到初中，背了几千副对联，有时候他会叫我跟他对对子，我一紧张总会词穷。

姥爷从来不做饭，人也严厉得很。有一次大家聚到一起吃饭，我为了伸手拿一小块馒头不小心碰倒了一个杯子，姥爷就狠狠地责骂了我。那时候我还没有上学，骨子里全是小孩子的顽劣属性，这件事致使我后来一直很怕他。

初一那年姥爷走了，我仔细地回想了我们相处不多的一些时光，唯一温暖的记忆是在我三年级的时候。一个周末我待在姥姥家，大人们都出去了，家里只有我和姥爷，那是他头一次和蔼地招呼我。他蹲下来教我识别他养的十几种鸟，我缩在一边，虽然很怕他，但竟然有种幸福的感觉。

吴念真先生曾在《台湾念真情》一书里说过一句话，大致意思是"几年甚至十几年其实匆匆而逝，短的是时光，而漫长的是记忆"。

如今10年过去了，每每想起那个温暖的午后，姥爷蹲在我旁边逗鸟的场景都还历历在目。而他责骂我的表情已然在记忆里模糊。

我们的回忆，把离开我们身边的人都镌刻成了最温馨的模样。

以前我总有个纯真的想法，觉得我们周围的空气是由爱组成的，如果一个人被很多人爱着，一定可以活得很舒服。如果爱他的人离开，那他身边的空气就会变得稀薄，所以很多时候他会觉得很累，会觉得生活让他透不过气。

如果这个假设真的成立，那我觉得我的奶奶可能给了我很多爱，从我出生到现在，我们都没有分开生活过，哪怕她现在糊涂了，但爱的浓度却一如当年。

小时候我觉得奶奶很厉害，很万能，每次她去集市都会给我带好吃的，每次我妈要打我都是她过来护着我，每次家里没人都是她陪着我。

她最爱给我做的一道菜里有胡萝卜、土豆和青椒，每次她问我吃什么我都要吃那个。有一次父母有事情很晚都没回家，奶奶给我炒了那道菜，在我吃饭的时候跟我说不要怕，你爸爸妈妈一会儿就回家了。

后来初中的时候有一天我特别想吃那道菜，就央着她做给我吃，那之后没有几天她就突然病了，如果我提前知道那是我最后一次吃那道菜，一定会好好跟她学学。到现在七八年过去了，我再也没从谁的菜里尝到过那种踏实的感觉。刚生病的时候，奶奶有拐杖的帮助还可以走路，那时候我读高中，周末的午后她就拄着拐杖慢慢走到我的书桌边看我写字。有时候还会讨我的书来看，当然只给她插画多的那种，因为她不识字。

后来拐杖已经无法支撑她安全行走了，那个时候她会时不时地摔倒，摔倒了就喊我的名字，我扶她起来，发现她开始变瘦了。

上大学的时候有一次假期回家，奶奶说想看看手机，我把手机解锁递给她，谁知道她手指不灵活误按到了相机的自拍，她看着屏幕里的自己，过了好一会跟我说，"原来我都这么老了啊"。

那个时候我觉得很心酸，只能尽量把所有事情都在她身边完成，比如在她身边看书，在她身边查资料，在她身边看她不爱看的电影，在她身边午睡。最近两年她又瘦了很多，许多器官都在逐渐衰老退化，眼睛看不清了，有时会大小便失禁，意识混乱到分不清白天黑夜，吃过饭仍坚持说没吃。她会在凌晨不停地喊人打开灯，会每隔五分钟就喊我一次问我现在是几点。

所以我才坐在她旁边来写东西，这样她就会安静地躺下不再唤我的名字。

就在刚刚，她突然跟我说，"别害怕，你爸爸妈妈应该一会儿就回家了"。

世人都想做超级英雄，但在超级英雄的长辈眼里，他们仍然是个连出门都会被担心记挂的孩子。

太多人说自己闯出一番天地是那么神采奕奕，他们说他们谁也不想依靠，要对自己狠一点。其实很多人自由自在地追梦任性的时候，去体验不同人生增长阅历的时候，往往是还有所依的表现。

前行的时候往往会有一些人留在原地守候我们，我们回头的时候他们总是在笑，但我们永远也看不到自己转身之后他们的表情。

如果有些人还在，那我相信我们周围的爱就会浓厚一些，是这些人让我们虽踏着荆棘但不觉痛苦。

如果我们可以尽力去多留住几分回忆，少制造一些遗憾，等有一天这些人变成了记忆深处的暖暖灯光时，尚能有泪可落而不觉悲凉吧。

4月1日：我们不能总纠结于过去

嘿，你好吗？我想你了。

你放心，这不是愚人节的把戏，我是真的想你了。

南京今天终于转晴了，我坐在开往迈皋桥的地铁上，对面有一对小女生，汉服打扮，我很喜欢她们的长裙子。

早上醒过来时，才意识到3月已经结束了。

昨天晚上我整理自己的文稿，发现不知不觉，我给你写信这件事已经坚持了整整一年了，看着这四五十封长长短短的信，我发现，我是真的距离你越来越远了。

时间的洪流缓缓把我推向岁月的另一边，总怕你以后再收到我的信时，会觉得陌生。

过去的这个3月，和去年的3月相差甚远。我还记得去年3月我让你去买新衣服，去踏春，去享受春天的一切一切，而我今年，还没来得及同春天招招手，它就已经过去一半了。

　　昨天匆匆走路的时候，瞥见花圃里有蒲公英，于是蹲下来把它吹散了，我记得以前，你也最喜欢吹蒲公英了，对吧？

　　过去的3月，我距离你曾经最喜欢的清华大学还差了零点几分，距离协和那座科研工作者的殿堂还差一个名额。不过，我笑着走完了全程，这又比你勇敢了一些吧，要是你的话，没准会因为大半年付出的努力付诸东流而哭鼻子。

　　可我不会了，早就跟你说了，我要做个大人了，你不用表示惋惜，也不要因为我放弃去参加某个医科大学调剂的复试而愤懑。我一直是个不想将就的人啊，过去的大半年，也并不是一无所获，那些个熬夜早起的备考日子，那些个站在教学楼漆黑走廊里反复审视自己的过程，那些个推翻又重拾自我的阶段，才是我最大的收获。

　　有的事，做过了没有结果，和因为害怕没有结果而不去做，性质是不同的。

　　昨天我去了春季招聘会，不出意外的话，拿到毕业证我可能会先去一家国企上班了，走进社会是迟早的事，我先去替你试试水。

　　只是，我有点怕你会对我失望，毕竟我现在的样子肯定不是你所期望的。

对于你关于未来的诸多美好幻想，我走得蹒跚，不小心踩碎了好几个。

但你放心，我会还你一些新的，具体是什么我也说不清，我们都暂时把它当作一个未知的惊喜吧。

我知道你处于青春期的当口也很迷茫，你总是觉得每一次抉择都关乎一辈子的幸福，所以总是在纠结于过去，总是想弥补之前的错误。

别想那么多了，你就是特别棒，有时候做一件事情真的很难，但你还是会去做，这样的你真的特别棒。

我就快到南京的新街口了，最近也买了新的书，看了几部电影，也想开始做一些更难的事情了，但那些事情是我们都喜欢的，所以我会去试一试。

之前一起经营公众号的另一个女生打算出国了，公众号停了很久，所以我新开了一个自己的号，我觉得，慢慢来，一切都是最好的安排。

4月了，我们一起定个约定吧，希望明年的这个时候，一切又都不同了。

记得去踏春。

4月2日：倾我所有去生活

早上坐地铁的时候，看了一些关于林徽因的文字，发现自己以前对这位民国才女有太多误解。

提到林徽因，就会想到梁思成，再会联系到徐志摩。

而不是首先在脑海中闪过国徽和人民纪念碑的影子。

林徽因除了美，除了有才，更应该被认知为一位建筑大师。她最好的作品，就是她的人生。

建一间屋只需几年，而建好自己的人生，是需要用一辈子去验证的命题。

昨天同妈妈打电话，她给我讲一个同事对我的评论，大意是说，你放弃了读研，又不考公务员、不进事业编，你这样哪还嫁得出去。

关于未来我也有很多不确定，但我确定的是，如果我爱之人同这位长者有相同的眼界和价值观，那不在一起反而是件好事。

林徽因曾表示不能因为自己是女人就禁锢住脚步。

总有人把那些想去追求自己人生的女孩子看作异类，所以看不到这些姑娘轻绾长发巧笑倩兮的温柔一面也情有可原，毕竟只有真正懂得尊重女生价值的人才有资格拥有她们温润如水的一面。

上午的时候朋友发了一首自己写的诗给我，《夜色是一条流淌的长河》，早上舍友还提醒我，今年诗歌节奖金涨了，你不参加吗？

好像，我有两三年不写诗了。

写诗比写文难太多了，有时候改一个字可以改一整天，而写文不同，乱七八糟地说一通，总有一句会落在点上。

所以人们总是喜欢去做那些相对简单的事，因为付出少，也有回报，哪怕回报不多，也总比白白折腾许久后所有努力都付诸东流要划算。

昨天问一个要考公务员的朋友，"喂，你以后有什么打算啊？"

"考公务员和事业编啊，从现在到35岁，每年考3次，还能考个几十回呢。"

我真的不知道怎么接下一句。

这几天在朋友圈总是看到一句话，"寒门再难出贵子"。

上学的时候家里人不让你谈恋爱，毕业了就指望你赶紧结婚。

小时候家里人觉得你可以是画家、音乐家、体育冠军，长大了却只希望你做个公务员。

我们都只有一个人生，既然无法赠予不爱之人，那么为什么要屈从不爱之事。

人生也是一条流淌的河流，我从下游逆流而上，踩着硌脚的沙石，不止一次跌入漩涡，也不止一次被污泥呛口，这个时候，我不希望有人来把我拖回原点。

也许真的会发现越过山丘无人守候，但这不应该是我放弃下一座山而止步于观望的理由。

反正我们现在是一无所有，所以不缺从头再来的勇气。

我心里还活着一个18岁的自己，她不喜欢我低头妥协的样子。

未来还有无数场血战，要倾我一切去生活。

第六章　如果可以，我们不要说再见

那些年，我是第一名

我记得我看过的一些励志语录，其中有一句印象很深，"别忘了，你曾是第一名"。我转发那句话时，过得显然不太如意，早就不是所谓的第一名，也没有实现过多的理想，可我清楚地记得，一个老友在下边的评论，"第一，加油啊"。

初中之后我就没有再当过学习上的第一名了，记得我妈那时候安慰我，"第一名和最后一名一样，永远只有一个席位。每个人，都坐在属于自己的位置上，都是无可取代的"。前几天和远方的人撸串喝酒，借着4月夜幕下湖边的冷月光，我说："来，给你讲讲姐年轻的时候？""你有什么传奇经历不成！""也没有太传奇，就是当了3年第一，也当了3年不良叛逆少女。"

我咂了一口酒，小风吹起来，仿佛又回到了那年夏天。

初中之前，我一直是个唯唯诺诺的小丫头，小学6年一直莫名其妙地被班里男生欺负，比如今天把我的文具弄得一团乱，明天偷偷踩脏我的桌椅，后天用指甲在我的脸上挠出一条长长的划痕。那时候我很怕上学校去，觉得大家不喜欢我，所以才会欺负我。

　　但是我从来不哭，可能也是因为如此，才激发了男孩子们更强烈的好胜心。终于有一天，班里最调皮的男生在早自习开始的前一分钟解开了我的头绳，那时候我不会自己扎头发，我还记得自己像受了极大侮辱一般的，跑出了班级，正好撞进来上课的班主任怀里。班主任很温柔地问我怎么了，我"哇"的一声就哭了。

　　然后，那个男孩子被教育了整整一节早自习，我坐在座位上抽抽搭搭地掉着眼泪。这个时候，有男生递给我纸巾，后座的女生也把自己的小梳子塞进我的手里，也就是那天，我学会了自己扎头发。按现在大学舍友的话讲，那时候小男生一定是喜欢你，欺负你是为了引起你注意，是你自己表现得太好强，不知道哭一回鼻子，让他们懂得怜香惜玉。

　　我笑了笑，其实我很感激那个男生，不然我也不会那么早就学会给自己扎个漂亮的马尾辫，也不会学会受了不应该承受的委屈，就要反抗。初中之后，不知道是男孩子们长大了，还是我变得活泼开朗了，再也没有人欺负过我。于是，我又迎来了新的难题，我发现老师总是喜欢在家长会找我们麻烦，那些不遵守纪律，学习不用功的孩子家长，会被单独留下。

初一上学期，有一次我妈开完家长会回家，说老师讲我上课爱跟同桌说话，不注意听讲，也不积极回答问题，一点也不配合。当时我最强烈的心理回应是，能不能积极回答问题绝不可能代表一个学生的学习态度。也就是那天，我觉得听家长回来传达老师对于你的种种看法，是一件极其可怕的事，于是我开始思考，怎么让老师闭嘴。

第一次月考，我破天荒地考了年级第一，老师和家长对我的态度一下变了，老师说，这孩子上课很安静，听讲认真，还愿意和同桌讨论问题，天知道其实我们是在谈新看的言情小说和隔壁班的高个子男生。说实话当时确实没有特别用功，可能是其他人都在厚积薄发吧，所以锋芒都没有显露出来。于是，我没有给他们薄发的机会，包揽了第一次月考到毕业3年的第一名。原因，是为了自由。

因为总是一个人看一些乱七八糟中国外国的各种不同风格、不同内容的书，所以比同龄人心智成熟得早一些，当别的小伙伴一边忍受着父母的棍棒教育，一边充满冤屈地大喊

"我凭什么为了你们学习"时，我已经懂了一个那时候鲜为人知的道理，就是学习其实是自己的事。

我也深深地受益于此，换句话讲，学习好没什么不好的，前提是，不当书呆子。说句不太孝顺的话，我那时候坚持做第一名，其实是为了逃避父母。我是个非常叛逆的女孩儿，而我的父母又是非常中规中矩的人，我妈总是逼我做这做那，我爸说，你俩那时候就是阶级敌人，家里天天冷森森的氛围可以冻死人。

我妈想让我做淑女，逼我背唐诗、宋词、元曲，每天还要跟她对对联儿。而我喜欢热血沸腾的一切事物，夜里一个人锁上房门，偷偷地看言情小说到两三点，也就是那段时间读完很多言情作品。《匆匆那年》也是那时候读完的，我记得书刚出版就去买了，然后传阅给全班看，成了当时同学们共同的记忆。

我妈想让我有气质，给我报了绘画班，我还没上学认识字，就先认识了藤黄、赭石、朱砂，所有颜色里，我最喜欢胭脂。我还没学会钢笔字，就已经握了两年毛笔，小狼毫、小羊毫，我最喜欢我用了最久的那支狼毫，毛黑黑的，没有一丝杂色。

我妈想让我有内涵，每天逼我背高考满分作文，《三字经》、《百家姓》、《弟子规》，更是家常便饭。每每应付完她，我就跑出去找发小。她爸是体育老师，我们一起玩篮球，一起学跆拳道，一起迷恋爵士街舞，一起不顾形象地KTV唱歌。

我妈管得越严，我就想飞得再高一点。我妈不让我早恋，我就偏偏成了学习最好的问题学生。班主任总是恨铁不成钢地跟我讲，"你知不知道那些女特工执行任务时，一般都是为情所困毁了自己的！"我不是女特工，我只是个想做自己的学生，我回她，我保证一直做第一，请您不要让我妈来干扰我的生活。

那时候我觉得自己在和老师、家长玩无间道，还深以为自己有足够的筹码。3年间，我是一个独特的存在，我是英语课代表，却从不打小报告；我是第一，却从来不和学习好的同学待在一起研究问题；我是市三好，却在老师周末自习时加的补习课上带领同学们逃课。后来我给大学舍友讲我的经历，舍友很羡慕，说你这才叫青春呢。

回想起来，我觉得最值的是我坚持为自己争取了很多权利，我跟舍友说，如果不是第一，我也不会后来到了最好的高中，也不会遇见后边的人，发生这许多更美好的事。就好像，阴差阳错地我一开始只是希望自己可以自由地变坏，少一点约束。但是，久而久之，第一这个角色不声不响地把我推到了另一个环境，让曾经想自由变坏的我，忍不住觉得，其实这世上，还是有很多美好啊。

我知道叛逆父母是不太对的，现在回想起来，我做过的许多伤害他们的事也让我觉得自己着实愚蠢地过一段时间。我学那些不良少女用刀片在手腕上割出血来。我妈发现时，没有骂我。后来她病了，住院的时候跟我说生命只有一次，你不珍惜别人也没法帮你。我说我心里苦，流淌不出来，就换个方式发泄。她没说话，我只记得自己当时认为自己很酷。

现在想来，心里苦，就更不该伤害身体，如果是现在，我会去好好睡一觉，看一本好书，然后给自己一个微笑。说起来，初中3年应该是我人生最大的转折点，如果没有那时候的叛逆，以及认为当了第一就可以自由发展不受管制的想法，也不会成就现在的自己。高中之后再没有那些逃课和荒废的日子，我开始真正努力地用功学习，这个时候却不是第一了，但是前路却更清晰了，也许就是这样吧，随着年龄的增大，很多想要的东西，都不会那么容易得到了。

最近又在听宋冬野的《平淡日子里的刺》，"生活是这样子，不如诗"。可我着实放肆过，即使那些事都已经被时光腐蚀。

　　每当心情很低落的时候，我都会想到那句话，"别忘了，你曾是第一名"。然后试着再拼一次，宛如那时候天不怕地不怕，觉得完成了必须做的某些前提条件，就可以为自己而活。所以我提醒自己，品尝生活给你的无味，然后再吃自己的饭后甜点。

　　我不是合格的好学生，可我仍旧怀念那个第一名。

5月1日：阳光很暖，电力很满

早上醒过来的时候，妈妈已经洗漱完了，一边忙着熬营养粥，一边问我吃不吃煮鸡蛋。

我在床上翻了个个儿，正好把被子压在肚子底下。

窗外沙尘已经歇了，阳光很暖，慵慵懒懒地撒进屋里，我伸出手往床头摸手机，却只抓到了两件衣服，这才发现手机正在桌上充电。

开机之后看到电量已经是百分之百，油然生出一股安全感来。

微信里有几条昨晚的留言，其中有两个闺密发来的晚安，以及男朋友的一段留言。

每当看到前一晚的消息，我总会觉得格外暖心，会觉得时间就这么被好朋友和喜欢的人的关切给缝合粘连起来了，会觉得幸福就是这么些个平安喜乐的日夜拼接在一起，就是这么的简单易取。

吃过早饭后和妈妈出门买菜，菜市场离家不远，我们俩挽着胳膊走上个十几分钟就到了，因为明天我又要回南京了，妈妈问我要不要吃一顿肉丸子。

买肉的时候她跟我说："一会回家你来氽丸子练练手吧，以后自己租房子住，要知道给自己改善伙食。"

我嘴上说好，心里不禁感叹自己马上就要离开大学校园步入社会了。

没有选择考公务员，也拒绝了之前一直在争取我的一家国企，而是选择去一座新的城市生活。

新城市里有我的很多好朋友，他们挤在这个偌大的城市里努力地寻找着自己的价值，以前我总觉得他们很酷，能够很淡然地同很多困难抗衡，如今我也要过上这样的生活了，还真的挺想为自己鼓鼓掌。

直到现在我才意识到，独立并不是说有自己的收入，也不是说能够自理生活，而是某一天当我们开始有了自己的想法时，敢于做选择，并敢于为自己的选择承担责任。

当意识到这些时，我们就算长大了吧。

路过水果摊时买了一斤桑葚，卖水果的阿姨还认得我，嗔怪我来的次数太少了，然后顺手往袋子里塞了几颗毛丹给我。

快到楼下的时候看到了做爆米花的大叔，薏米花5块钱一大袋，吃到嘴里甜糯糯的，付钱的时候，我总怕那个在火焰上旋转的黑锅会"嘭"的一声炸开，所以匆匆离开了小摊位。

回家的时候汆丸子，切了一颗娃娃菜，刀划过菜帮时的声音格外清脆好听，当时我脑子里突然闪过一个想法，7月开始我就和北巷狸猫住在一起了，我们两个小女生在那座地下爬满地铁的城市里拥有一个自己的小家，不管经历了多么不开心的事，只要我们两个回到家，一起煮一桌热腾腾的饭菜，日子就总会熬下去。

昨天公司的人力部打电话过来说社保和公积金还会涨，又给我算了一下每个月的工资，说期待我加入大家庭好好工作学习。

其实心里很温暖的，尽管我知道未来的困难还是会数也数不清，但还是觉得自己在前进。

面试那天我放了一份PPT，充分地整理了自己的优势和特点，以及对于职位的初步认识，并表达了自己渴望学习历练的心意。

过去的4年我一直觉得自己过得辛苦，学着艰难晦涩的专业，看着读不懂的书籍，为期末考试而熬夜到凌晨两三点钟，仿佛是又过了4年高三岁月。写作是妈妈从小培养的习惯，还没上小学我就已经养成了记日记的习惯，大二的时候因为觉得学业枯燥，于是开始敲敲打打，不知不觉竟然因写东西得了这么多恩惠，着实感激那个咬牙坚持下来的自己。

直到有一天我发现苦难真的可以变成笑着讲出的谈资，我才明白我们所经历的一切都是最好的安排。

不如我们从今天起定个约定，每天早上给自己找一个开心的理由用力生活。

比如阳光很暖，比如电力很满。

5月2日：有事做，有人爱，有所期待

　　2017年5月20日，手机屏幕上的时间显示为零点时，远方的人发消息过来，"我们在一起660天了"。

　　其实我好开心他能在大洋彼岸记得这个日子，也很惊讶他这次竟然把握好了时间，这边的零点，应该是他那边的下午5：00，因为他5：30还有课，所以我们的520，就只是在微信上草草聊了十几分钟。

　　他跟我说，有你这样体贴温柔的女朋友真好。

　　我把手机亮度调暗，等他跟我说晚安。

　　因为这十几分钟的闲聊，昨晚睡得格外安稳。

　　对了，昨天白天还看到了一句话，"优秀的人从来都不害怕异地恋"。其实，我从来都没觉得自己有多优秀，但也从来不觉得异地恋有多可怕，真实的我一直都处于一种饥渴的状态，总觉得自己还不够好，总是想学点新的东西。

　　所以我总是把自己的日程排得特别满，考完研之后就去给自己报了尤克里里的学习班，然后又买了一大堆心理学的书，最近忽然又很想重操旧业去跳跳舞，再去学点新的舞种，总之，我就是闲不下来。

　　今天对于我来说是一个难忘的520，早上6：00就和舍友从床上爬起来了，然后拖着一大箱子书到学校的跳蚤市场摆摊卖东西，其间往返了好几次宿舍，把这四年所有的课本都倒腾下来了，害得自己差点散掉架。

　　能卖的都3折卖了，不能卖的只能按废纸算，5毛钱1斤，大爷一个大袋子把书一装，称了称，"40斤，给你20"。然后就把书抛进了车里。

　　我接过那把零钞，掂量了一下，很轻很轻，跟我自己从六楼搬下来的40斤书比起来，简直不能算作重量。

　　我的4年满纸青春，到头来卖了20块钱。

　　不过这一天啊，感动远远多于伤感，我的很多专业书被学弟学妹们很快淘走了，还有一些课外书，像《百年孤独》《追风筝的人》《麦田里的守望者》《芒果街上的小屋》，有一个学妹走到我的小摊前，反复看了好久，走了之后没过几分钟又回来，还是恋恋不舍地拿起来翻看。

　　"你要是不嫌弃我做的笔记，这本送你。"我把其中一本递给她。

最后她抱走了4本书，临走的时候还一直谢我。

她不知道，其实我看到这些曾经被我当作宝贝捧在怀里的书，这些曾经摆放在枕头边陪我入睡的书，有一天能被另一个温暖的主人抱在怀里，我真的开心死了。

吃过晚饭之后有两个小小的女孩儿一直在我们的伞篷边玩儿，一边玩一边让我们猜她们的名字，还把爸爸给她们买的糖分给我们。

后来我旁边的姑娘把自己的水彩颜料和画笔全部都送给了她们，听着她们选自己喜欢的颜色，我觉得世界都变温柔了呢。

对了，快收摊的时候，有个男生走过来问我的数理统计书要不要卖，我说3折，他觉得贵，然后说其他人都卖5块钱一本的。后来交流起来，我才知道他其实根本不用学这个课程，只是自己想了解，我觉得他好学可爱，就5块钱把那本书卖了他，然后还送了他一本习题册。

之后他捧着书一直说谢谢，说得我都不好意思了。

学生会的孩子们给我们的伞篷挂上了暖橙色的小彩灯，还发了荧光棒，我们几个人玩心大起，拍了一张五角星的照片，其实谁说越长大就越不童真的，我反而觉得，长大之后我们更懂得了一些东西的可贵，知世故而不世故，仍旧展现一颗童心在这个略显无奈的成人世界面前，才是最可爱的。混合着墨蓝色的天空，这边的跳蚤市场把对面的医学楼映衬得别样温柔。

快到8：00的时候，能卖的东西已经卖得差不多了，这时候大家商量了一下，不知道谁喊了一句"收摊！"几个人就全站起来了，七手八脚地把剩下的书全部摞到一起，收废书的大叔过来，依旧是用大袋子一袋一袋地称。这时一个姑娘在身边开口说了一句话，她说："我们都是一本一本买的，你们都是一斤一斤称的。"

收书的人笑了，我们几个卖书的也对视着苦笑了一下。

回宿舍的时候小伙伴跟我说，今天真的很开心啊，可是看着剩下的那些书一股脑地都倒进了回收车，还是有点失落。

刚刚把用了3年的小桌板和一些干净的衣服送给了回族食堂的打饭阿姨，我舍友是回族人，我差不多陪她吃了4年，所有的打饭阿姨都认识我，每次我去打饭她们总会多给我几个丸子，如果有一段时间不去，下次再去了她们就会问你，怎么这么久都不来啦？阿姨可想你啦。

交接东西的时候，我和阿姨异口同声地都说了句谢谢，我觉得我才更应该是说谢谢的那个人，4年一梦，太多碎片我无法带走，如果能妥善安置，我该心怀感激。

到目前为止，我的任务只剩下论文答辩了，也在计划毕业后去几个以前没去过的地方待几天，总之又是一个清零重启的状态，这让我很兴奋。

这几天学校特别热闹，每天晚上都有专场演出，昨天是舞蹈协会，今天是吉他社，要不是看了朋友圈里熟悉的那些脸，我都忘了两年前我也是舞蹈协会的一员。作为副会长，我还去参与了好几场演出，现在回想起来总有股恍如昨日的感觉。

真好，我喜欢的东西都有了新的主人，我爱的人也都平安喜乐，我也有自己接下来要做的事，大家都在自己的轨道上运转着，这就是最静谧平和的状态吧。

我喜欢现在这样，也希望未来能像现在这样，我只要有事做，有人爱，有所期待，就很幸福。

那份笨拙的爱，是心底最柔软的刺

考研复试国家线出来那天，你破天荒地主动给我发了条微信，是一个公众号的文章分享，题目大概是，某某地区的某几个单位正在招人，报名从速。点开来大致浏览了一下，并没有适合我的职位。

晚饭后给你打电话，一接通，你就像个邀功的孩子那样，兴冲冲地问我，"怎么样？我给你发的东西有用吧，我看到里面有你的专业了！"

"你怎么不仔细看一下啊，人家都是要博士的，我没资格。"

"什么？你看那职位要求里，明明有你的专业啊！"

"我说的是学历，人家不要本科生。"我把声音提了提，怕你再追问些什么，跟着又补了句，"以后，就别发这些没用的消息给我了啊。"

"怎么就没用呢，你别急，招人的单位可多了，这次是我没看好，下次我仔细先看一遍，然后再发给你，其实我也想为你尽份力啊，"停顿了一会儿，电话那头你的声音突然格外温柔起来，"有什么压力就跟我说，千万不要自己憋着，也别心烦，还有啊，一定得按时吃饭，早点睡觉……"

你说这些时语气小心翼翼的，一定是怕影响了我的情绪吧。

其实，迷茫并没有多么可怕，毕业失业也是常态，对于自己的生活，我从来没想过低头屈从，我愿意吃苦去做喜欢的事，也可以为了那些称为"梦想"的东西而忍受孤独。只是，我无法再如从前那般肆意妄为，一想到我这么一个快毕业的人，让你整天系在心里惦念着，还让你跟我一起因为我的迷茫和固执而对未来担惊受怕，我就觉得心疼。

对了，以前分享消息都是我教你的，这一次，你是终于摸索着自己学会了呢，还是又举着手机去求助年轻同事了，如果是后者，那我真的又该责备自己了。

其实，对不起，这么多年来，我总是忽视你和他给我的爱，也总是想着要远走高飞出去看一看。

一

记得还是刚兴起用QQ那会儿，你不知道让谁帮忙申请了一个QQ号，回到家就说要加我好友。

当时我正处于叛逆期，QQ号里藏着那段岁月里自以为最大的秘密，"哎呀，别加了，反正咱们俩天天都能见到"。我不耐烦地回复你。

"可是妈妈想加你做第一个好友啊。"你还在坚持。

"不加不加，我好友里都是同班同学，我们聊的事你又不感兴趣。"我一边给喜欢的人发过去一个咧嘴笑的表情，一边皱起眉头来同你讲话。

后来，QQ里藏着的天大秘密，慢慢流淌到我的日记本里，沿着蜿蜒的笔画将整页整页淡粉色的纸张浸泡柔软，我开始学着去爱一个除了你和爸爸之外的人，并深以为那就是我青春的意义所在。

我还记得那天，气温升到刚好可以脱掉保暖裤，校服上衣的拉链刚好又能往下再拽一截，我进了家门，看到你沉着脸坐在沙发上，手里攥着那本可怜兮兮的日记。

我们的关系，就是从那时候逐渐变得尴尬了吧。

我开始不再同你讲学校里发生的有意思的事，开始对你

239

送进屋里的牛奶视而不见，甚至开始觉得跟你在一起会不自在，到最后，连和你亲近都成了一件抗拒的事。

那个年轻的男孩子，就这么轻而易举地点燃了我要脱离你控制的梦。

可是，年轻人都太笨手笨脚了，所以，才会把初恋摔得粉碎。

我开始不好好吃饭，寒冬腊月只着单衣，整夜整夜地听音乐广播电台里的听众来电，凌晨偷拿你和爸爸的手机发短信。某一天清晨，我的心脏开始出现实质性的疼痛，你立刻带我去医院。回来的时候，我发现水池里的碗只刷到一半。

后来听我的青梅竹马说，你当时还以为我得了心脏病，等检查结果那天哭着跟他的妈妈说，如果我有什么三长两短，那你也不活了，还说其实你也不知道该怎么处理和早恋女儿之间的关系。你说你爱我，只要能避免我受伤害，哪怕被我怨恨也不会觉得后悔。

检查结果出来，我只是贫血，可你依旧紧张，把家里的锅换成实铁的，还到处搜罗补血的偏方，后来我去掂量了一下，那铁锅很沉，我一只手根本抬不起来。

二

高中的时候，我的数学不好，有一次成绩不及格，我回家给你看试卷，说我确实不会做这些题目。

你拿着我的卷子来来回回地翻了好几遍，然后抬起头和我对视，眼睛里满歉意，"怎么办，高中的题目妈妈也不会了，你别灰心，咱们一起想办法"。

有一次我过生日，刚好那天出了月考排名，我的数学依旧一塌糊涂，回到家黑漆漆一片。刚叹了口气，就看到你和爸爸举着蛋糕从阳台走出来，蜡烛的火焰在黑暗里摇曳。你的脸颊被映成暖橘色，你用不太准的音调唱着生日歌，笑得格外灿烂。当时我就泪奔了，嘴里一个劲儿喊着："你们干吗啊，你们这是干吗啊。"然后便泣不成声。

虽然这惊喜看起来蛮幼稚，可这么多年过去了，还是让人念念不忘，我清楚地记得，那天晚上你跟我说，第一名只有一个，我们要学会扮演其他角色，比如做一个永远都在努力的人。

那是我第一次因为自己的不优秀而觉得对不起你，我开始利用每一个午休跑到数学办公室问问题，开始把数学放到作业任务里的第一项，开始整理错题，开始熬夜到夜里一点钟。最后，高考成绩出来时，看到130这个数字，你险些掉眼泪。你说，其实当时妈妈也很着急，也希望你成绩优异，可是成长只有一次，除了成绩还有太多值得珍惜的东西，我不能替你生活，只能努力爱你。可是爱你这件事，我和你爸爸都很怕自己做得不够好。

三

后来，我自己去外地上大学，4年的时间里，你和爸爸对我的示爱方式好像开始变得有些笨拙了，甚至，还有了些小心翼翼。

你们总是想刻意与我创造交集，家里的无线去年又换了新的套餐，你说那样我会用着更顺手。我买了尤克里里，打电话告诉你没多久，你就说你买了笛子，也在学我练习的曲子。我教过你怎么发红包之后，你就时不时地发5.20元给我，说是我爱你的意思，我笑话你说男女朋友才爱用520来表达心意呢，你说要先来后到，男朋友比你认识我晚，你最有资格说爱我。

其实，大学这几年，我们也没少吵架，我的专业学了一半，我跟你说我不想学了。你很生气，说我爱做白日梦，说梦想养不起生活，说人要先做自己应该做的事，再做自己喜欢做的事。

　　我又开始觉得你要控制我了，于是不再愿意跟你分享大学生活。后来有一天，你试探性地问我，今天有什么新鲜事吗，跟我说说吧，没有你家里好无聊啊。

　　考研那几个月，我总是有想放弃的念头，不敢跟你说，怕你比我还紧张。有一次咱们俩谈话不是很愉快，挂了电话没过多久你又打回来，你说，那个，想跟你道个歉，刚才态度不好，你别影响心情，好好复习，也别太累了。

　　什么时候开始，你都要跟我道歉了，每当看你这么小心翼翼，我都特别想时光倒流回到小时候，回到那个你可以追遍整条胡同教训我的小时候。

　　转眼要毕业了，你的话题开始变得越来越琐碎。

　　你说，让我自己去打拼，觉得很对不起我，可是又不知道可以帮我什么。

　　你说，今天学了可乐鸡，等我回家就给我做着吃。

　　八月十五那天，你打电话给我，说突然有点难过，我问你为什么，你说是怕我身边没有人陪，一个人会孤单。

　　另外，对于表达爱意，爸爸的手法好像比你更拙劣些。他不太爱用聊天软件，总是固执地发短信给我，有的时候手滑了，发过来的句子总是断断续续，内容无非都是让我吃好一点，穿暖一点，家里好，勿念。

哪怕收到的是残缺的语句，我也总能感受到满满十分的爱意，只是这几年，我更希望你们多关注自己。别总说等我安顿好了你们才去环游世界，别总是把好的都留给我，你们让自己过得好一点，我就会自责少一点。

可是，你们从来不听我的话。

每次我回家你都会说学校发了买蛋糕的卡，咱们俩一起去挑吧，我就知道，你等了一学期，只为了把那张卡留给我用。

每次我说我哪里不太舒服，爸爸可以在半个月后还提及。我就知道，他永远都不放心我自己生活。

每次你和爸爸问我手机、电脑或者有线电视联网等操作时，我都会觉得有些伤感，你们变老了，而我还不够强大。

上次回家的时候，你和我一起坐车去采购。午后阳光正好，你的鞋子上沾了些尘埃，大衣的毛领随着车的颠簸一颤一颤，你把头枕在我的肩膀，说："现在我们角色交换，你来当妈妈，我来做孩子。"

一根柔软的刺扎进我的心里，如果爱是一把尖刀，尽管你们的手法已略显笨拙，刀刃已不再锋利，但力度仍不减当年。能让我在异乡泪流满面的，只有你们。

6月：出门便是江湖

写下这些文字的时候，我已经站在大学的边缘了，明天就是我的毕业典礼，等校长将我的学士帽转过那半圈之后，我便再也没有理由留在这里了。

南京这几天天气很闷热，很多物流公司挤在宿舍楼下招揽生意，前前后后我也寄了不少东西到家里：舍不得卖的书和衣服，别人送的生日礼物，自己精心挑选的各种小玩意儿、画的画册、写的日记、做的书摘，还有闲七杂八的一大堆东西。

之前总是不喜欢6月、中考、高考、暑假……好像所有的分别都挤在这个瘦削的月份里了，之前有个高中同学在毕业前夕的晚会上唱《六月的雨》给我们听，结果高考的时候真的下了场大雨。

说起来也奇怪，如今回想起来，当时下雨的场景已经记不清了，唯独对更早的一个雨夜印象深刻——那是高二的一个下雨天，我穿着夏季校服外裹着同班同学那里借来的外套，从拥堵的车辆中找到父亲的车，迅速钻了进去，一边用胳膊蹭着额头上的水珠，一边从口袋里掏出手机往腿上擦了几下。被雨水模糊的屏幕上，是一条简短的短信，写着"到家了吗？"

　　总是会记起那个下雨天，回家后脱下潮湿的袜子，换上拖鞋朝里屋走去，书包随手扔到床上，然后也将自己投掷到椅子里，不慌不忙地回一句"到了，雨真的好大"。

　　忘记了那是同谁发过的消息，只记得有这么一段对话。之前看了一部电影叫《恋爱的温度》，男女主人公分手之后，一次闲聊中提及分手的缘由，也都只是记得两个人在游乐场大吵了一架，却记不起因为什么而吵架。很多事情好像也是这样，如今回想，也只是记得结果，只是记得自己就是那么做了，而太多的细枝末节都像年久失修的旧宅子，早已看不清当时的纹路了。

　　明天最要好的舍友便要启程回家了，24个小时的火车，从南京到宁夏，从一个凌晨到下一个凌晨，今天陪她去超市买口粮，看着她仔细挑选食物的样子，突然意识到这是我们最后一次一起逛超市了，想说点什么，最后也还只是打趣地调侃了几句。

晚上吃饭的时候她拜托我把毕业证寄给她，嘱咐我用最快的物流，我搭着她的肩膀，应允她一定会选择中国邮政的平邮，让她的证书好好欣赏沿途风景。她像往常一样笑，一边骂我一边要挠我的痒痒，这时有人骑自行车从身边掠过，还有从游泳馆出来的人踩着湿漉漉的拖鞋一步一滑，一切都像往常的每一天一样普通，可就是觉得有什么不一样了。

宿舍里该送的东西都送了，只剩一床被子软趴趴地伏在床上，和这个夏天一样虚弱无力，答辩之后的整整半个月都像是这个学校里多余的废人，总觉得要去做点什么，可又不知道具体该做什么，工作有了着落，档案寄送回了家，宿舍搬得七零八落，该吃散伙饭的人也都一批一批地有序进行着，计划了毕业旅行，玩了一圈回来发现努力赚钱才是一切情怀的最有力保障。

毕业季的一切都顺利得让人不安，仿佛这是一场计划好的离别。我们只要准备好告别的姿态，练习好说再见时的语气和表情，就可以安稳地度过这一阶段。

还记得大三那年从学生会退出来，我们几个老部长慷慨激昂地纷纷陈词，有人喊"醉笑陪公三万场"，立马有人接"不诉离殇"，到今天才发现真正的离别都是不愿意声张的。

晚上正准备洗漱，几个大二那年带过的礼仪队的妹子发消息过来，"学姐，明天毕业典礼结束了，告诉我们一声，我们想过去跟你拍张照片"。

去年答应她们的时候还是神采奕奕的样子，今天却突然有点退却了，原来做主角，并不是百分百的快乐。

今天闲着的时候看了看北京的房子，我一边向往着同《欢乐颂》那般遇到几个交心的舍友，一边又很怕自己支撑不了那么大的孤独感。

我问闺密，喂，你说，我能在北京漂多久呢？

她也没有回我。

之前家里人总是埋怨我，问我为什么要从自己的专业里跳出去，问我为什么拒绝了国企的录用，问我为什么就是要跑去做北漂。

其实，我也说不出具体的原因，可如果不去，我应该会后悔吧。我知道有人会说也许去了会后悔呢，生命中本来就有太多遗憾的事，能了却一件便是一件吧。

明天过后，我就是个真真正正的大人了，说起来还带着股稚嫩，可不会有人能幸运到一辈子活在童话城堡里，该佩剑的时候，哪怕手法不娴熟，也不能退却了。

　　未来我再写信给你，可能就是在一座新的城市了，也有可能会变了口吻，改了思绪，只希望你能一切安好。

　　在此一别，出门便是江湖，我们他日再会。